Du bist Vergangenheit

Sandra Adam

Was, wenn ein Geheimnis
dein Leben bestimmt?

Du bist Vergangenheit

Sandra Adam

Was, wenn ein Geheimnis
dein Leben bestimmt?

Herstellung und Verlag:

BOD-Books on Demand/Norderstedt

Facebook: @Sandra Adam-Autorin

Webseite: https://www.sandra-adam.de/

Cover: Cover Design by Ch. Bouzrou
https://www.selfpublisher-buchcover-und-3dwerbe-design.de/

Korrektorat: Doris Telega (Lektorat Nordlicht)
(lektoratnordlicht.com/)

ISBN: 9783752691528

Bibliografische Information der Deutschen Nationalbibliothek: Die Deutsche Nationalbibliothek verzeichnet diese Publikation in der Deutschen Nationalbibliografie; detaillierte bibliografische Daten sind im Internet über http://dnb.d-nb.de abrufbar.

Inhalt

Prolog

„Samira?“ Die Stimme meiner Mutter hallt unaufhörlich durch den Hausflur.

Leicht genervt rolle ich mit den Augen. Kann man nicht einmal in Ruhe auf die Örtlichkeiten verschwinden? „Ja gleich! Warte noch ein paar Minuten!“, brülle ich zurück.

Muss sie mich jetzt so treiben? Gerade heute besteht sie darauf, mich zur Schule zu bringen. Ich fahre sonst immer mit dem Fahrrad, da die Schule gerade mal fünfzehn Minuten weit weg ist. Außerdem ist es gesund, mit dem Rad zu fahren, behauptet sie immer.

„Ich kann auch mit dem Fahrrad fahren“, setze ich weniger genervt hinterher.

„Spinnst du Kleines? Es schüttet wie aus Eimern. Bis du am Rad ankommst, bist du schon bis auf die Unterhose nass!“

Ich kann richtig heraushören, wie sie mit dem Kopf schüttelt. Sie meint es ja nur gut. Eigentlich ist sie eine traumhafte Mutter. Immer darauf bedacht, dass mein kleiner Bruder und ich es guthaben. Mum möchte, dass wir es besser haben als sie. Manchmal ist sie dabei einfach zu weich. Mein Bruder nutzt das gerne mal aus. Sobald er auf die Tränendrüse drückt, gibt sie nach. Ich hingegen habe lieber meine Ruhe und erledige alles selbst. Aber genau das hat mich nun in diese blöde Situation und in die Toilette verbannt. Mein dummer Dickkopf und der Wille, alles alleine regeln zu wollen!

Vorsichtig drehe ich das Stäbchen in meiner Hand um. Schweiß läuft mir über die Stirn, meine Hände zittern und ich weiß nicht, was ich machen soll. Gucken? Nicht gucken?

„Samira!", hallt mein Name erneut über den Flur.

Ich bin gerade zu keiner Antwort fähig. Die Worte bleiben mir im Hals stecken. Ich ersticke fast dran. Oh Gott, das kann und darf nicht sein. Warum ich? Wieso bloß? Das Stäbchen in meiner Hand zeigt zwei Striche. Zwei verdammte Striche! Was soll ich denn jetzt machen? Es war doch nur eine Nacht. Eine verfluchte Nacht. Und nun das. Lieber Gott, wieso ich? Warum muss das sein?

Das Klopfen an der Tür von meiner Mutter nehme ich nur noch unterschwellig wahr. Es ist unwirklich. Schweißgebadet sitze ich auf dem Rand der Badewanne und weine. Nein, weinen kann man das nicht nennen, ich heule regelrecht riesige Krokodilstränen.

„Liebes, mach die Tür auf." Liebevoll klingen die Worte meiner Mutter durch die Tür, ehe sie die Klinke runterdrückt. Erst einmal, dann noch ein paar Mal. Ich schluchze. „Bitte Kleines, mach endlich die Tür auf. Was ist denn los? Ich höre doch, dass du weinst. Bitte Samira, mache endlich die Tür auf!"

Panik schwingt in ihren Worten mit. Tränenüberströmt gebe ich nach, schließe auf und setze mich wieder zurück auf den Badewannenrand. Meine Beine verweigern mir den Dienst. Das wird gleich ein Donnerwetter geben. Innerlich wappne ich mich gegen das Schreien und Fluchen meiner sicherlich zu Recht wütenden Mutter, wenn sie sieht, was ihre „Kleine" angestellt hat. Klein? Nein, nun bin ich nicht mehr klein. Jetzt bin ich groß, dämlich und am Arsch.

Unsicher guckt sie mich an. „Samira, rede mit mir. Was ist los?"

Doch ich kann nicht sprechen. Meine Worte stecken immer noch wie ein riesengroßer Kloß in meinem Hals fest. Zitternd strecke ich ihr einfach das Stäbchen mit den zwei blöden blauen Streifen entgegen, die mir den Atem rauben. Sie erkennt sofort, um was es sich handelt.

Ein Schwangerschaftstest!

Klar, sie hat ja selber zwei Kinder. Ob sie bei ihren Tests auch so wie ich im Bad gesessen hat?

Es kommen keine Beschimpfungen, kein Fluchen. Zärtlich nimmt sie mich in den Arm und drückt mich ganz fest an sich.

„Scheiße", flüstert sie in meine zerzausten Haare.

Ist das alles? Scheiße? Mir fallen so einige Worte mehr ein. Doch meine gute Erziehung verbietet es mir, diese alle auszusprechen. Wobei die gute Erziehung scheinbar eh versagt hat. Ich bin gerade mal fünfzehn, gehe noch in die Schule, habe keinen festen Freund und bin bei meinem ersten **One-Night-Stand** mit Kai schwanger geworden. Nicht nur, dass es mein erster **One-Night-Stand** war, nein, es war überhaupt mein erstes Mal.

Gut gemacht Samira, ganz toll!

Kapitel 1

Es ist ein herrlich lauer Sommertag. Nicht so heiß wie die letzten Tage, die Sonne scheint ganz sacht und ein paar Wolken sind am Himmel. Das Gewitter letzte Nacht hat die Luft abgekühlt. Es ist einfach perfekt. Mit einem Lächeln im Gesicht schaue ich unseren zwei Kindern beim Spielen zu und gebe Martin einen dicken leidenschaftlichen Kuss.

„Womit habe ich den denn verdient?" Er grinst mich verschmitzt an.

Tief einatmend sauge ich den Geruch des Sommers ein und zucke mit den Schultern. Dieser Tag soll nie enden. Martin ist ein Traummann. Nein, er ist mein persönlicher Traummann.

Nicht nur, dass er toll aussieht mit seinen dunklen Haaren, dem durchtrainierten Körper und den wunderschönen braunen Augen. Er ist auch ein toller Vater, hilft wo und wie er kann, obwohl er immer viel arbeitet. Am Wochenende kümmert er sich gerne um die Kinder, steht früh auf, um jede freie Minute mit ihnen zu verbringen, und lässt mich dabei gerne schlafen. Das Frühstück bekomme ich auch oft ans Bett gebracht. Martin backt dann extra Brötchen, kocht Eier, brät Schinken und schmückt ein Tablett mit Blumen und allerlei Leckereien.

Ich hingegen gehe nur ein paar Stunden in der Woche arbeiten, um aus dem Haus zu kommen. Wegen des Geldes bräuchte ich es nicht machen. Dafür sorgt Martin ebenfalls. Er liest mir dabei jeden Wunsch von den Lippen ab. So ein Leben wünscht sich jede Frau. Meine Freundinnen beneiden mich für meinen Ehemann. Eine hat sogar mal versucht, ihn zu verführen. Allerdings ohne Erfolg, denn treu ist er auch noch. Martin hat es mir sofort erzählt und ist empört gewesen über die Dreistigkeit, die meine damalige Freundin dabei an den Tag gelegt hat. Ein Mann wie aus dem Bilderbuch.

Meine beste Freundin Saskia fragt mich sogar heute noch des Öfteren: ‚Wo hast du den Mann denn gefunden? Hast du dir den gebacken? Dann musst du mir mal die Form und das Rezept geben.‘ Die Beiden verstehen sich blendend, ohne dass sie versucht, ihn ins Bett zu bekommen. Ich lache dann immer los und antworte: ‚Ne, er hat mich gefunden.‘

Eigentlich bin ich damals nicht bereit für eine Beziehung gewesen. Ich habe keine Männer sehen und schon gar nicht einen in meinem

Leben haben wollen. Doch Martin ist hartnäckig geblieben und hat mich monatelang umgarnt. Wir haben uns durch Zufall im Urlaub kennengelernt. Er hat mich ins Kino und zum Essen eingeladen, mir dann Blumen mitgebracht und hat mir sogar die Türen aufgehalten. Sympathisch habe ich ihn sofort gefunden. Und vor allem sexy. Das hat er auch ziemlich schnell gemerkt und dies schamlos ausgenutzt. Er hat einfach nicht aufgegeben. Ich dann allerdings irgendwann nach. Und das war auch gut so.

Nach nicht einmal einem Jahr haben wir geheiratet und uns ein Haus in einem kleinen, gemütlichen Dorf am Meer gebaut. Ich liebe das Wasser. Unser Haus liegt auf einem großen Grundstück mit viel Platz zum Spielen für die Kinder. Für mehr Sicherheit sorgt ein weißer Holzzaun rundherum. Das Haus selbst ist im dänischen Stil gebaut mit hellen Kieferntüren, weil ich die so liebe, und ein offener Kamin befindet sich im Wohnzimmer. Es ist ein Traumhaus.

An den Wochenenden haben wir schon damals lange Spaziergänge gemacht und am Strand gepicknickt. Ich fühle mich noch immer wie in einem Traum. Doch es ist keiner, denn ich bin bis heute nicht aufgewacht. Mein

Traumleben dauert an. Inzwischen sind wir schon acht Jahre verheiratet und haben zwei wundervolle Kinder. Jack ist sieben und Sophie ist fünf Jahre alt. Sie lieben Martin genauso wie ich. Manchmal hängen sie fast zu stark an ihm. Ich liebe meine Kinder, aber sie sind eindeutig Pappkinder.

„Bekommen wir ein Eis?" Sophie strahlt Martin mit ihren ebenfalls braunen Augen an. Beide haben die Augen ihres Vaters geerbt. Nur die hellblonden Haare, die haben sie von mir. Ansonsten ist gerade Jack seinem Vater wie aus dem Gesicht geschnitten.

Den Satz ‚Ihn kann Martin aber nicht leugnen' hören wir öfter und rollen jedes Mal mit den Augen. Als wenn Martin das je machen würde.

Jack wird den Mädels mal den Kopf verdrehen und reihenweise deren Herzen brechen. Schon heute laufen ihm die Damen hinterher und malen ihm Bilder oder besorgen an Valentinstag Rosen für ihn.

Jeder mit einem dicken Eis bewaffnet schlendern wir den Strand entlang.

„Du hast da was." Martin schleckt etwas Eis von meinem Kinn.

„Ey, das ist meins! Das behalte ich für später", protestiere ich.

Martin zieht mich dicht an sich ran. „Später habe ich andere Dinge mir dir vor." Mir kräuseln sich die kleinen Haare im Nacken und eine Gänsehaut überkommt mich. Das bleibt nicht unentdeckt. Er hebt mich hoch und küsst mich leidenschaftlich. „Genau mein Schatz, genau das", raunt er in mein Ohr.

Mit einem vielsagenden Blick umschlingen meine langen Beine seine Hüfte und ich drücke mich fest an ihn. Was er kann, kann ich auch!

„Boah, Mama, Papa, muss das sein?"

Jack guckt uns angewidert an. Er ist nicht so für das Kuscheln. Sophie schon eher. Ich bin allerdings auch nicht so eine Kuschelmutter. Vielleicht kommt Jack deshalb nicht an. Und wenn er mal Nähe sucht, dann eher die von seinem Vater. Aber auch das eher selten. Sophie hingegen sitzt gerne in seinem Arm und kuschelt sich stundenlang an ihn. Da werde ich manchmal eifersüchtig. Ich kann nicht so mit den Kindern kuscheln, wie sie es vielleicht bräuchten. Ob es an meiner Vergangenheit liegt? Schnell streiche ich den Gedanken beiseite. Daran möchte ich nun wirklich nicht denken.

***

Wo bin ich? Verwirrt schaue ich mich um. Neben mir stehen eine Bank und ein Baum mit einer Schaukel. Der Ort kommt mir bekannt vor. Nicht schon wieder dieser Traum.

Ich lasse mich auf der Bank nieder und gucke mich um.

„Samira! Endlich kommst du!", ertönt eine Stimme von weiter weg.

„Nein, geh weg! Ich will dich nicht sehen! Verschwinde!", schreie ich, springe auf und laufe davon.

Die Stimme fleht mich förmlich an: „Bitte Samira, bitte gehe nicht. Bleib hier, bitte! Ich flehe dich an. Bleib wenigstens einmal hier! Ich möchte doch nur mit dir reden."

Doch ich höre nicht und laufe davon. Immer wieder dieser Albtraum mit der gleichen Stimme! Ich will das nicht! Warum verfolgt er mich.

***

Schwert atmend und schweißgebadet liege ich in meinem Bett. Martin guckt mich verwirrt und sorgenvoll an.

„Was ist los Schatz? Ist alles ok? Hast du schlecht geträumt?" Er streichelt über meinen zitternden Arm.

„Schlecht geträumt", sage ich nur kurz und renne los ins Bad. Mir ist schlecht und ich muss mich übergeben. Martin folgt mir auf dem Fuße. Er macht sich Sorgen, aber das kann ich ihm nicht erklären. Das ausnahmsweise nicht. Eigentlich haben wir keine Geheimnisse voreinander.

Eigentlich!

Ein Blick auf die Uhr verrät mir, dass es noch lange keine Zeit ist zum Aufstehen. Schnell Zähne geputzt, ein anderes Nachthemd angezogen und wieder ab ins Bett. Hoffentlich ohne Albtraum.

„Willst du mir nicht sagen, von was du dauernd so schlecht träumst?" Martin ist hellwach und mehr als besorgt. Es ist nicht mein erster Traum dieser Art und er ist ein sehr aufmerksamer Ehemann.

„Mich jagen Wölfe", bringe ich kleinlaut hervor. Martins Augenbrauen wandern steil aufwärts.

„Ah ja, Wölfe?" Er glaubt mir nicht, was ich durchaus verstehe.

Also versuche ich, es ihm zu erklären, aber ich bin eine schlechte Lügnerin. So kann er mir gar nicht glauben, das merke ich selber.

„Wir haben doch mal diesen Horrorfilm geguckt", meine ich ausweichend.

„Das waren Hunde mein Schatz, Hunde, keine Wölfe", erklärt mir Martin, doch ich beharre weiter auf meine Lüge, bis er endlich aufgibt. „Wenn du meinst", sind seine letzten Worte, bevor er sich zur Seite rollt.

Er merkt, dass ich ihm nicht die Wahrheit sage, weiß aber nicht, wieso oder was wirklich mit mir los ist. Und das soll auch so bleiben. Wenn nur diese blöden Träume nicht wären. Aber was heißt hier Träume. Sie sind schon sehr echt. Gruselig real.

An Schlaf ist nun auch nicht mehr zu denken. Ich stehe auf, mache mir einen Kaffee und schnappe mir mein Buch. Ich möchte nicht mehr schlafen heute Nacht und schon gar nicht träumen. Es ist egal, wie spät es ist und ob ich morgen müde bin. Ich weigere mich einfach, die nächste Zeit zu schlafen, dann gehen die Albträume bestimmt weg.

Lieber lese ich die ganzen Nächte und versinke in fremde Welten. Aber mein Körper sieht das anders. Mit dem Buch in der Hand schlafe ich im Sitzen auf dem Sofa ein. Mein Kopf ist zur Seite gekippt, so dass ich mit starken Nackenschmerzen aufwache.

Martin guckt mich besorgt an. „Geh ins Bett, ich kümmere mich um das Frühstück der Kinder."

Er streichelt mir liebevoll über den Kopf und ist immer noch besorgt. Hastig schüttle ich den Kopf, was für Schwindel und erneute Nackenschmerzen sorgt. Autsch, keine gute Idee. Mein viel zu lieber Ehemann zieht die Augenbrauen hoch, schüttelt den Kopf, geht in die Küche und macht uns einen Kaffee.

Seufzend schlurfe ich hinterher, packe meine Arme um seine Hüften und kuschle mich an ihn. Mein Gesicht in seinem Rücken versteckend fühle ich mich wieder sicher. Martin ist mein Halt, mein Fels in der Brandung, mein Leben. Vorsichtig dreht er sich zu mir um, streichelt mir über mein Haar und küsst mich leidenschaftlich. Alle meine Nackenhaare kräuseln sich und eine Gänsehaut überkommt mich. Ich kann diesem Kerl einfach nicht widerstehen. Energisch packe ich ihn mit beiden Händen um die Hüften und versuche, ihn in Richtung Schlafzimmer zu ziehen. Unter seinen Küssen schmelze ich dahin.

Alpträume hin oder her.

Ich will ihn.

Hier und jetzt.

Sofort!

Oder eher jetzt und im Schlafzimmer in Anbetracht der Tatsache, dass die Kinder sonst jeder Zeit in die Küche stürzen können. Wild küssend wie junge Teenager bewegen wir uns zur Treppe, da hören wir ein bekanntes Geräusch. Die Tür vom Kinderzimmer wird geöffnet.

Mist. Zu spät.

Sophie kommt die Treppe herunter und wischt sich die Augen. Sie sieht noch müde aus. Hätte sie nicht noch schlafen können? Innerlich knurre ich wie ein Hund, dem man seinen Knochen klaut, als sie in Martins Arme springt. Noch heftig atmend nimmt er sie liebevoll in Empfang, wirbelt Sophie einmal rum, um sie in die Küche zu bringen und dort auf ihren Stuhl abzusetzen.

„Guten Morgen Prinzessin. Hast du gut geschlafen?"

Martin ist einfach ein liebevoller und fürsorglicher Vater. Kaum hat er Sophie auf ihren Stuhl gesetzt, holt er schon zwei Becher, die Milch und das Kakaopulver raus, um unseren beiden Kindern den Kakao zu machen. Sophie bekommt warmen und Jack kalten. Jeden Morgen macht er es. Egal, wie viel er arbeitet und wann er abends nach Hause kommt. Er steht immer auf und lässt es sich nicht nehmen, die Kinder zu sehen. Ich seufze. So eine Bindung hätte ich auch gerne zu ihnen, aber das habe ich leider nicht. Ich bin zwar diejenige, die nachmittags da ist und die zwei auch zum Sport fährt, aber trotzdem fehlt mir diese Bindung, die Martin zu unseren Kindern hat. Nun kommt auch Jack langsam heruntergetrottet. Er guckt ebenfalls noch sehr müde aus der Wäsche. Belustigt wuschle ich durch seine viel zu langen Haare, was er allerdings weniger lustig findet. Er mault mich an. Was für ein Morgenmuffel.

Lachend wackle ich nach oben ins Badezimmer. Heute früh muss ich ein paar Stunden in dem Blumengeschäft um die Ecke arbeiten. Es ist ein kleiner Laden, der viel Dekoration aus Muscheln und Treibholz verkauft. Ich bastle manchmal stundenlang mit den von uns gesammelten Muscheln oder Holz, das wir am Strand finden und mit nach Hause tragen. Die Touristen kaufen die Sachen sehr gerne, um sich an den Urlaub zu erinnern.

Finanziell muss ich nicht arbeiten gehen. Ich mache es eher, um aus dem Haus rauszukommen, damit mir nicht die Decke auf den Kopf fällt. Nur Hausfrau sein, das liegt mir nicht. Ich brauche ja nicht einmal den gesamten Haushalt machen. Auch dafür hat Martin gesorgt. Er möchte nicht, dass ich den ganzen Tag putzen und Wäsche waschen muss. So hat er, als ich noch im Krankenhaus mit Jack gelegen habe, eine Frau angestellt, die sich um den Haushalt kümmert. Sie kommt einmal die Woche und bringt das ganze Haus und die Wäsche in Ordnung. Unsere gute Fee.

Nachdenklich stehe ich unter der Dusche. Mein Leben ist perfekt und trotzdem leide ich unter Albträumen. Was stimmt mit mir nicht? Warum verfolgt er mich? Kann die Vergangenheit nicht einfach ruhen und genau das sein? Vergangenheit! Tränen laufen über meine Wangen. Weinend, wie ein kleines Kind, das man den Teddy geklaut hat, sitze ich in der Dusche und lasse meinem Unmut freien Lauf. Wie weggewischt ist meine gute Laune.

„Bitte Albträume hört auf, bitte", flehe ich. Lange halte ich es nicht mehr aus. Martin fragt sich auch schon, was mit mir los ist. Er versteht es nicht. Wie auch, er weiß ja nicht, warum mich diese Albträume plagen.

Das kann ich ihm aber auch nicht mitteilen. Es ist mir unangenehm und ich habe Angst. Richtig Panik, dass er mich mit anderen Augen sieht oder mich eventuell sogar verlässt.

Langsam versiegen meine Tränen und ich kann mich normal duschen.

Kapitel 2

Die Arbeit läuft wie immer. Meine Chefin lässt mich basteln und spricht kaum mit mir. Sie weiß, dass ich am liebsten für mich arbeite und nur rede, wenn mir danach ist. Ich bin wohl eher ein introvertierter Typ. Zufrieden gucke ich meine Werke an und lächle. Ein großes Stück Treibholz habe ich mit etwas grünem Efeu und Moos beklebt, wo ich noch Muscheln drauf drapiere. Die schwarzen und beigefarbenen Muscheln passen gut zum hellen Grün. Irgendwas fehlt aber noch. Krampfhaft überlege ich, was.

„Ein Klappstuhl", höre ich meine Chefin Tina hinter mir sagen.

Erschrocken zucke ich zusammen. Zu vertieft bin ich in meine Arbeit und der Musik gewesen. Aber sie hat recht. Der Klappstuhl, den wir vor ein paar Tagen aus Ästen gebaut haben, passt da genau hin. Mit einem breiten Lächeln reicht sie ihn mir und ich platziere ihn auf dem Moos.

„Fertig", bemerke ich zufrieden.

„Es ist wieder toll geworden." Tina mag solchen Kitsch genauso wie ich.

Sie ist zwei Jahre älter, ebenfalls verheiratet und hat ein Kind. Im Gegensatz zu mir ist sie die perfekte Mutter. Ihre Tochter ist schon zehn Jahre alt und hilft mir manchmal beim Basteln. Ab und an sammelt sie aber auch mit meinen beiden Kindern zusammen Treibholz, Muscheln oder andere Sachen, die sie am Strand finden. Wenn Martin und ich mal weggehen, passt sie auf Sophie und Jack auf. Ich denke, sie sind so eine Art Geschwisterersatz für Sandy.

Mittags gehe ich nach Hause und mache den Kindern etwas zu essen. Meine Gedanken kreisen allerdings immer noch um meinen Traum. Es war nicht der erste dieser Art und sie sind alle so lebendig. Viel zu real. Bei dem Gedanken an Kais Stimme gruselt es mich wieder.

Auch Martin kommt heute früher von der Arbeit. Wir wollen nachmittags noch in die Stadt fahren. Die Kinder brauchen dringend neue Schuhe. Ich seufze. Martin ist so ein toller Vater. Besser hätte ich ihn mir nicht wünschen können. Wenn ich die anderen Frauen um mich herum sehe, stelle ich einmal mehr fest, es sehr gut getroffen zu haben mit ihm. Der eine geht dauernd fremd, der andere trinkt jeden Tag und wieder ein anderer ist nur unterwegs, ohne sich um seine Familie zu kümmern. Mein Mann hingegen trinkt nicht, hat keine Augen für fremde Frauen und ist so viel, wie es ihm möglich ist, zu Hause bei uns. Sogar ein Arbeitsangebot mit deutlich mehr Gehalt hat er abgelehnt, weil der Arbeitsweg zu lang ist. Das Geld brauchen wir allerdings auch nicht. Er bekommt so schon genug. Trotzdem wäre es eine Aufstiegschance gewesen, die er ausgeschlagen hat, ohne nur darüber nachzudenken.

Das Motzen meiner Tochter holt mich aus den Gedanken. „Mama, muss das Essen so qualmen?"

Oh nein, ich habe die Schnitzel anbrennen lassen! Unter lautem Fluchen ziehe ich die Pfanne vom Herd. Da ist nichts mehr zu retten. Mist verdammt! Die Kinder gucken mich mit großen Augen an.

„Nicht schon wieder Pizza!", meckert Jack.

Er hat recht. Da ich nicht die beste Köchin bin, gibt es häufig Pizza, Nudeln oder irgendwas aus der Dose. Selbst das kann Martin besser. Was will so ein perfekter Mann nur mit mir? Tränen steigen in mir auf und ich muss aufpassen, dass ich nicht heulend weglaufe.

Erstmal tief durchatmen. Ne, erst das Fenster aufmachen, dann tief einatmen und überlegen. Da springt auch schon die Tür auf und Martin steht hustend in der Küche.

„Was ist denn hier los?“, bellt er.

Sofort verdreht Sophie die Augen. „Mama hat gekocht.“

„Ich würde sagen, die Schnitzel sind gar“, bemerkt er grinsend.

Sehr witzig, denke ich und schmeiße die verkohlten Dinger weg.

Mein Mann hingegen hat schon die Jacke weggehängt und kramt im Vorratsschrank. Das ist mein Kommando zum Verlassen der Küche. Ab hier habe ich nichts mehr zu melden. Nun zaubert er was Leckeres aus irgendwelchen Resten, die er im Kühlschrank und in unseren Schränken findet. Wie er das macht, weiß ich nicht. Mir fehlt dieses Talent gänzlich. Egal, was Martin auch anfängt, es gelingt. Im Gegensatz zu mir. Was ich anfasse, geht in die Hose oder kaputt. Ein Wunder, dass die Ehe noch hält.

Was will Martin mit so einer wie mir? Ich kann nicht kochen, arbeite nur halbtags, bin keine zärtliche Mutter und kann irgendwie nichts. Doch stundenlang am Strand spazieren gehen, dabei Muscheln und allerhand Kram finden und einsammeln. Das kann ich! Ach ja, und basteln, das kann ich auch. Aber ansonsten bin ich zu nichts nütze oder fähig. Weinend verziehe ich mich ins Badezimmer. Wie lange ich dort verweile, weiß ich nicht.

Irgendwann höre ich Martin nach mir rufen. Mir ist der Hunger allerdings vergangen, egal, was er mal wieder Leckeres gezaubert hat. Ich seufze, wische mir die restlichen Tränen unter den Augen weg, atme tief ein und gehe raus.

„Alles ok mit dir?" Martin blickt mich eindringlich an. Er macht sich wirklich Sorgen.

„Ja, klar. Meine Augen haben Rauch von den verkohlten Schnitzeln abbekommen."

Kopf schüttelnd dreht er sich um. Martin glaubt mir wieder nicht. Würde ich wohl auch nicht. Selbst lügen kann ich nämlich nicht.

Trotz allem, was mittags passiert ist, verbringen wir einen wunderschönen Nachmittag in der Stadt. Sogar lachen kann ich wieder. Es ist eine unbeschwerte Stimmung zwischen uns. Für kurze Zeit vergesse ich meinen Traum, Kai und alles, was damit zu tun hat. Ich bin einfach glücklich mit dem, was ich habe, lache und albere mit meinem Mann und den Kindern herum. Ein völlig unbeschwerter, aber viel zu seltener Nachmittag.

Diese Unbeschwertheit nehmen wir auch mit in den Abend, was auch nicht oft passiert. Eng aneinander gekuschelt sitzen wir auf dem Sofa und lauschen dem Radio. Liebeslieder laufen rauf und runter, was die Stimmung zum Prickeln bringt. Martin streicht langsam an meinen Armen herunter, unsere Hände verknoten sich. Ich spüre seine Lippen in meinem Nacken, so dass sich eine leichte Gänsehaut auf meinem Körper ausbreitet. Mein Atem geht schneller und es kribbelt zwischen meinen Beinen.

Martin grinst, ich spüre das leichte Lachen, als er meinen Körper weiter erkundet. Das Shirt fliegt vom Sofa, er drückt mich zärtlich nach vorne, so dass ich vor ihm lang liege und er liebkost meinen Rücken mit seinen weichen Lippen. Mir entfährt ein Stöhnen. Es bringt mich um den Verstand, wenn er das macht und das weiß er ganz genau. Himmel, ich will ihn jetzt schon. Genug des Vorspiels, denke ich. Doch so schnell lässt er mich nicht davonkommen. Er will mich wahnsinnig machen und das schafft er auch bald.

„Dreh dich um", säuselt er mir ins Ohr, während er daran knabbert. Ich bin macht- sowie willenlos und tue, wie mir befohlen.

Ein Pfeifen entfährt Martin. „Du bist die schönste Frau auf Erden."

„Ja klar. Du hast mich doch schon herumgekriegt, also lass die Sprüche und mach weiter", witzle ich.

Die Hände in die Seiten gestemmt tut er so, als wäre er beleidigt und empört. Mit einem Ruck schmeiße ich Martin vom Sofa auf den Boden und bin mit einem Satz auf ihm.

Genug des Vorspiels!

Ich will ihn.

Jetzt, hier und sofort!

Ich kann nicht mehr klar denken. Mir ist alles egal. Menschenmengen könnten um uns toben, egal! Als hätte ich es laut ausgesprochen, zerrt Martin an meiner Hose und wirft auch die weit weg. Wild küssend lieben wir uns hemmungslos auf dem Fußboden.

„Haben wir abgeschlossen?" Martin hört kurz auf.

„Was?" Ich kann immer noch nicht denken. Abgeschlossen? Daran habe ich gar nicht gedacht. Beide gucken wir zur Tür, es mag allerdings keiner aufhören und aufstehen. Ich halte mich mit meinen Beinen um seine Hüften fest und Martin steht ächzend mit mir auf.

„Morgen gibt es kein üppiges Mittagessen für dich“, stöhnt er unter meinem Gewicht, als er mit mir vor seinem Bauch zur Tür schleicht.

Zur Strafe beiße ich ihn zärtlich, bevor wir uns wieder auf den Boden fallen lassen und dort weitermachen, wo wir gerade erst aufgehört haben. Völlig verschwitzt und stöhnend liegen wir wenig später auf dem Teppich.

„Ich liebe Dich. Du bist die schönste Frau für mich.“ Martin guckt mich verliebt an.

Tränen sammeln sich in meinen Augen. Ich kann nicht antworten. Mir fehlen die Worte. In sowas bin ich ebenfalls miserabel. Als wenn Martin es merkt, schließt er mich einfach fest in seine Arme und gibt mir einen Kuss auf meine verschwitzten Haare.

Ich habe Glück, so einen tollen und liebevollen Ehemann und Vater gefunden zu haben.

Kapitel 3

***

Schon wieder bin ich an diesem unheimlichen Ort mit dem Baum und der Schaukel. Was soll das? Warum bin ich dauernd hier? Ich will das doch gar nicht. Mein Verständnis ist gleich null. Leise bete ich, dass nicht auch noch Kais Stimme ertönt. Es ist so ein schöner Tag gewesen, der in einem noch besseren Abend geendet hat. Das hier kann ich gerade nicht gebrauchen. Mein Beten wird allerdings nicht erhört. Schon vernehme ich aus der Ferne Kais Stimme.

„Bitte Samira lauf nicht wieder weg. Bleib nur einmal hier, wenn ich auftauche." Er ist scheinbar langsam sauer und genervt.

Mein Instinkt ruft: weglaufen. Doch meine Beine reagieren heute nicht. Sie zwingen mich, sitzen zu bleiben. Voller Angst halte ich mir summend die Ohren zu, um nichts mehr zu hören. Wie ein Kleinkind kauere ich mich zusammen und warte auf die Dinge, die ich nicht verhindern kann.

„Samira, höre zu." Kai kommt näher.

„Lass mich in Ruhe! Geh und komm nie wieder! Ich will dich nicht sehen!“, schreie ich und summe weiter vor mich hin.

„Mir ist egal, was du möchtest. Ich will mit dir sprechen“, fährt er erbarmungslos fort.

Weinend kauere ich auf der Bank, wippe mich hin und her, wimmere leise.

Plötzlich spüre ich eine Hand auf meinem Haar und ich springe erschrocken auf. Vor mir steht ein hübscher Mann, ein bisschen älter als ich. Leicht angegraute Haare, die nach hinten gekämmt sind. Adrett gekleidet mit einem gestreiften Hemd, den oberen Knopf geöffnet, und einer dunkler Jeans. Mein Mund bleibt offen stehen. Der Anblick, der sich mir bietet, hat nichts mehr gemein mit dem Kai, den ich gekannt habe. Schick gekleidet hat er sich damals schon, aber nun ist er ein stattlicher Mann.

„Das kann nicht sein. Du kannst nicht hier sein.“ Wild schüttle ich meinen Kopf hin und her, der davon nur noch mehr schwirrt.

Kai holt tief Luft, bevor er loslegt. „Mir ist egal, was du denkst. Ich möchte mit dir reden. Und wenn es nur hier möglich ist, dann ist das halt so. Dann muss ich diese Möglichkeit nutzen. Was ist passiert, Samira, was hast du getan?“

Mir wird schlecht. Ängstlich springe ich auf und renne weg, bevor Kai reagieren kann.

„Nein Samira nicht. Sprich mit mir!", brüllt er hinter mir her.

Doch ich bin schon weg. Wie immer, wenn es brenzlig wird, renne ich davon. Nicht das erste Mal in meinem Leben.

***

Schweißgebadet wache ich auf. Martin guckt mich sorgenvoll an.

„Samira, was ist los? Du hast geschrien. Wer ist Kai?" Mit zwei Fingern streicht er mir eine Strähne aus dem Gesicht.

Ich kann kaum atmen und bekomme kein Wort raus. Wie soll ich ihm das erklären?

„Kai?", stottere ich. Gedanken kreisen in meinem Kopf. Was soll ich sagen? Wie kann ich ihm das erklären? Ich kann nur lügen.

„Ich weiß nicht, was oder wen du meinst. Mich haben wieder diese Wölfe verfolgt. Den Film hätte ich nicht gucken sollen", versuche ich, zu witzeln.

Seine Augenbrauen schieben sich nach oben. Er glaubt mir wieder nicht. Wie kann ich ihm das verübeln? Erst träume ich wochenlang

34

schlecht und wache schweißgebadet auf und nun rufe ich auch noch Kais Namen. Was soll Martin denn glauben? Ich ärgere mich über mich selbst.

Verdammt!

Kann die Vergangenheit nicht auch in der Vergangenheit bleiben? Warum jetzt diese Träume, nach so vielen Jahren? Wieso?

Martin steht entnervt auf, nimmt sein Bettzeug und geht in die Stube. Selbst das kann ich ihm nicht verübeln. Auch die nächsten Nächte schläft er auf dem Sofa. Die Stimmung ist eisig. Den Kindern gegenüber versucht er, sich nichts anmerken zu lassen, doch mir gegenüber ist er kalt. Eiskalt. Keine liebevollen Worte wie sonst. Mir ist zum Heulen zumute.

Ich gehe in die Offensive und verabrede mit Tina, dass ihre Tochter abends auf Jack und Sophie aufpasst, sodass Martin und ich mal wieder ausgehen können. Ich bestelle einen Tisch in unserem Lieblingsrestaurant und ziehe mir was Schönes an. Das lange schwarze Kleid, das er mir zu Weihnachten geschenkt hat, dazu die Kette, die ich zum Hochzeitstag bekommen habe. Stundenlang stehe ich im Badezimmer und versuche, meine Haare zu bändigen. Himmel was für ein Unterfangen. Entnervt gebe ich auf und lasse sie offen. Martin mag es so eh am liebsten. Warum die Haare also festzurren?

Die Tür geht auf und Martins Blick wandert von meinen Füßen, mit den viel zu hohen Schuhen, über meine Hüften hoch zu meinem Haar. Ein Pfeifen entfährt ihm. „Was wird das?"

„Hallo mein Schatz. Wieso empfängst du mich in diesem wunderschönen Kleid? Und du siehst toll aus. Wäre netter und angemessener. Meinst du nicht", witzle ich.

Langsam gehe ich mit wackeligen Schritten auf Martin zu. Ich wäre allerdings nicht Samira, wenn alles glattgehen würde. So stolpere ich mit meinen hohen Schuhen, komme ins Wanken und falle in seine Arme. Zum Glück kennt Martin meine Ungeschicklichkeit und fängt mich sofort mit seinen starken Armen auf.

„Weit willst du mit den Schuhen aber nicht laufen, oder?" Lächelnd guckt er auf meine Füße.

„Wandern wollte ich nicht, aber essen gehen", gebe ich mit rot angelaufenen Wangen zu.

„Essen gehen? In den Schuhen?" Martin lacht laut los.

Na danke auch. Aber recht hat er. Mit den Schuhen komme ich nicht einmal bis zu unserer Haustür oder ins Auto. Seufzend ziehe ich mir die hohen Schuhe aus und schnappe mir meine flachen Sandalen.

„Besser?" Martin guckt mich abwartend an.

Ich wackle den Flur auf und ab und gebe kleinlaut zu: „Viel besser."

Die Stimmung ist wieder aufgetaut. Liebevoll nimmt er mich an die Hand und wir fahren los.

Es ist ein gemütliches Restaurant direkt am Strand. Da haben wir schon einen Stammtisch. Von unserem Platz aus können wir aufs Meer hinausgucken und die Aussicht genießen. Bei schönem Wetter kann man sogar draußen sitzen.

Ich komme nicht von hier, sondern aus einer eher bergigen Region. Das Meer habe ich allerdings schon immer gemocht. Auf einer meiner Urlaubsreisen haben Martin und ich uns kennengelernt und lieben. Seitdem bekomme ich nicht genug vom Meeresrauschen und dem Sand unter meinen Füßen. Martin weiß das und freut sich immer, wenn er mit mir am Wasser spazieren geht oder wir hier im Restaurant sitzen. Er meint, ich strahle dann immer übers ganze Gesicht und ich bin viel unbeschwerter.

Auch heute Abend genieße ich den Ausblick auf das Wasser und das leckere Essen. Wie die Sonne im Meer versinkt und die Wellen hin und her wiegen. Es hat etwas von Freiheit. Ich habe nie viel für Fisch übriggehabt, außer im Aquarium, aber hier esse ich ihn gerne. Besonders die eine Fischpfanne ist der Hammer! Mit etwas Dill, einem Hauch von Zitrone und einer Zutat, die ich nicht herausschmecke und die der Koch auch nicht verrät.

Martin hat schon öfter versucht, ihm das Rezept aus den Rippen zu leiern, aber er gibt es nicht preis. So bleibt uns nichts weiter übrig, als die Fischpfanne hier zu genießen. Der Koch ist allerdings auch nicht mehr der Jüngste und geht bestimmt bald in Rente. Vielleicht bekommen wir ja dann das Rezept.

Der Abend verläuft sehr romantisch. Das Knistern zwischen uns ist förmlich zu spüren. Wir flirten, necken uns und klauen Essen vom Teller des anderen. Einfach unbeschwert. Nichts steht zwischen uns, keine Albträume und schon gar keine Lügen. Ich kann einfach ich selbst sein und muss an nichts denken. Außer, dass mein Kleid nach dem Essen bestimmt nicht mehr so vorteilhaft aussieht. Doch das ist Martin egal. Er liebt jede Faser an meinem Körper. Egal welche Frauen ihn umgarnen, sie können eine noch so tolle Figur haben, er hat nur Augen für mich. So auch heute Abend. Er trägt mich auf Händen und liest mir jeden Wunsch von den Augen ab.

Leicht beschwipst vom Wein gehen wir noch am Strand spazieren. Die Sonne ist schon untergegangen und der Mond scheint hell vom Himmel auf uns herab. Ich schaue nach oben in den klaren Sternenhimmel und seufze. Martins Hände halten mich sanft an den Hüften und ziehen mich an sich heran. Er umfasst mich liebevoll, aber bestimmend und küsst mich am Nacken. Gänsehaut breitet sich rasch auf meinem ganzen Körper aus und ich spüre sein Grinsen. Er liebt es, mich so zappeln zu lassen. Langsam liebkost er meinen Nacken und meine Schultern.

Ich höre, wie der Reißverschluss meines Kleides aufgeht, und spüre, wie seine Hände über meinen Rücken hinunter zu meinem Po wandern.

„Wenn uns hier jemand sieht?", raune ich ihm zu.

Doch eigentlich ist mir gerade alles egal. Unter seinen Küssen schmelze ich dahin, egal, wie viele Menschen um uns herum sind oder wo wir gerade sind. Wenn Martin mich küsst, bin ich in einer Welt voller Liebe und Lust verloren und gefangen. Er weiß um diesen Umstand und genießt es, mich zu foltern.

Das Kleid fällt an meinen Schultern herab und ich stehe nur in BH und Unterhöschen vor ihm. Martin pfeift leise.

„Du bist einfach wunderschön!", raunt er mir zu, dreht mich um und küsst mich leidenschaftlich.

Nun ist es vollends um mich geschehen. Mein Gehirn setzt aus. Es ist kein Blut mehr vorhanden. Ich springe auf seinen Schoß und schlinge meine Beine um seine Hüften. Eine wilde Knutscherei beginnt, sodass wir die nahenden Schritte nicht hören.

„Also wirklich, nehmt euch ein Zimmer Kinners!", empört sich jemand unweit von uns.

Ich erröte in Anbetracht dessen, dass ich nur in Spitzenunterwäsche auf Martins Schoß hänge und wir aussehen wie junge Teenager, die es nicht mehr bis nach Hause schaffen.

Lachend sacken wir in den Sand.

„Machen wir zu Hause weiter? Hier ist doch noch etwas viel los." Martin schaut mir tief in die Augen, während er mich weiter am ganzen Körper streichelt.

„Dann musst du aber aufhören, mich zu liebkosen, sonst kann ich nicht aufstehen", gebe ich unter Stöhnen zu.

Schnell das Kleid wieder übergeworfen gehen wir Hand in Hand nach Hause. Alle paar Meter halten wir an, um uns liebevoll und gierig zu küssen. Wenn uns jemand so sieht, kann man nicht glauben, dass wir schon jahrelang verheiratet sind. Eher wie ein Paar, was sich gerade erst gefunden hat.

Zu Hause angekommen können wir nicht mehr anders. Die Klamotten fliegen in die Ecke und wir fallen wie hungrige Wölfe übereinander her. Völlig ausgehungert entleert sich die ganze Spannung der letzten Zeit im Sex. Schwer atmend liegen wir danach völlig verschwitzt im Bett.

„Bleibst du heute Nacht wieder bei mir im Bett?“, bettle ich.

„Hast du etwa immer noch nicht genug?“ Erneut fängt Martin an, meinen Körper zu liebkosen, und mein Gehirn verabschiedet sich abermals.

Denken?

Fehlanzeige!

Ich kann nicht denken, wenn er an mir rumfummelt. Ich habe dann nur noch einen Tunnelblick und will nur ihn.

Hier und jetzt.

Ohne Wenn und Aber.

Sofort.

∗∗∗

„Samira. Samira", ertönt die Stimme, die ich nachts so fürchte und nicht hören will.

Nicht schon wieder. Nimmt das denn nie ein Ende? Ich hatte doch ein paar Nächte Ruhe, warum fängt es jetzt wieder an. Immer diese Albträume. Werde ich verrückt?

„Lauf nicht wieder weg! Bitte", fleht Kai.

Ich kann und mag nicht mehr weglaufen. Mit dem Gesicht in die Hände gestützt fange ich an zu weinen. Nein, nicht weinen, eher heulen.

„Lass mich in Ruhe!", schreie ich. „Lass mich einfach in Ruhe! Was willst du?"

Meine Tränen laufen in Strömen über mein Gesicht. Doch Kai ist erbarmungslos.

„Was meinst du denn, was ich will?" Er kommt näher.

„Ich weiß es nicht", schluchze ich.

Seine Hand berührt vorsichtig mein Haar und ich zucke zusammen. Unter Tränen starre ich den hübschen Mann mit dem angegrauten Haaren an.

„Bitte lauf nicht wieder weg. Lass uns endlich reden", fleht er mich erneut an. Er bemerkte wohl das Zucken in meinen Füßen, die zum

Loslaufen bereit sind, aber mir irgendwie doch nicht gehorchen.

„Was ist passiert? Warum hast du mir nichts gesagt? Ich wäre doch für dich da gewesen." Er blickt mich fordernd an. Wild schüttle ich den Kopf und halte mir, wie ein kleines Kind, dabei die Ohren zu. „Samira, du bist kein kleines Kind mehr!", schreit er mich an. Wippend und summend versuche ich, ihn zu ignorieren. „Ich habe deine Mutter getroffen und mit ihr gesprochen. Sie hat mir alles erzählt", redet Kai auf mich ein.

Dieser Satz erschüttert mich bis ins Mark.

„Was? Wie bitte?" Meine Tränen versiegen schlagartig. Ich bin zutiefst geschockt und das war das Zeichen für meine Füße, mir zu gehorchen. Ich springe auf und renne weg.

„Nein! Niemals. Lass mich in Ruhe! Sie hat es mir versprochen! Das würde sie niemals tun!", schreie ich ihm noch zu.

***

Erneut wache ich weinend und schweißgebadet auf. Ängstlich schaue ich neben mich, ob Martin etwas mitbekommen hat. Nein, er ist schon aufgestanden. Ich höre die Dusche und sein fröhliches Trällern. Wie kann man so früh am Morgen nur so gute Laune haben? Anderseits wird er auch nicht von Albträumen aus seiner Vergangenheit verfolgt und geplagt. Eine Vergangenheit, die ich vergessen möchte, bevor sie mich kaputtmacht. Nun hat sie mich aber eingeholt. Ich bin nicht stolz auf das, was ich getan habe, aber es gibt Dinge in meinem Leben, die kann ich nicht rückgängig machen.

Schnell wische ich mir die Tränen aus dem Gesicht, damit Martin nicht doch noch etwas merkt. Gerade noch rechtzeitig, bevor er ins Schlafzimmer kommt, um sich anzuziehen.

„Auch schon wach? Ist alles okay?" Aus liebevollen Augen schaut er mich an. Er merkt, dass etwas nicht stimmt.

Mit einem falschen Lächeln auf den Lippen springe ich auf, an ihm vorbei und gehe Richtung Badezimmer.

„Klar, ich will nur schnell duschen."

Auch heute glaubt er mir nicht. Seufzend lässt er mich gewähren und sagt nichts. Zu oft hat Martin versucht, mit mir zu reden, doch ich blocke ja jedes Mal ab.

Ob es stimmt, was Kai mir im Traum gesagt hat? Hat meine Mutter geredet? Sie hat mir versprochen, niemanden etwas zu sagen. Wieso habe ich diese Albträume und warum sind sie so lebendig? Ich muss es endlich herausfinden, auch auf die Gefahr hin, dass es mir und meiner Familie wehtut.

Ich bin es ihnen schuldig, endlich Ordnung in mein chaotisches Gefühlsleben zu bringen. Die Geheimnisse und Lügen müssen aufhören. Enthusiastisch verlasse ich die Dusche, schnappe mir meinen Koffer und packe ein paar Sachen.

„Wo willst du denn hin?" Martin guckt mich verwirrt an.

Tief einatmend lege ich mir eine Erklärung zurecht. Doch wie immer kommt sie mir nicht über meine Lippen. „Ich muss zu meiner Mutter. Sie braucht meine Hilfe", lüge ich.

„Deine Mutter? Wieso das so plötzlich. Ich habe sie noch nicht einmal kennengelernt, geschweige denn, hat sie die Kinder jemals gesehen. Ich denke, ihr habt euch gestritten? Hast du deshalb solche Albträume?" Martin guckt bestürzt.

„Unter anderem", gebe ich kleinlaut zu.

Mit ein paar großen Schritten durchquert er das Zimmer und steht vor mir.

„Nimm dir die Zeit, die du brauchst, um deine Vergangenheit zu regeln. Dann komm wieder und erkläre mir, was los ist. Egal, was es auch ist, ich werde es verstehen und die Kinder auch."

Erneut sammeln sich Tränen in meinen Augen und verschleiern mir den Blick. Er ist so liebevoll und dennoch kann ich es ihm nicht sagen. Womit habe ich ihn verdient? Meine Tränen rinnen inzwischen über meine Wangen, Martin wischt sie weg.

„Wir lieben dich, vergiss das nicht."

Seine Worte klingen forsch, aber liebevoll. Mir hingegen versagt die Stimme. Dabei möchte ich ihm so viel sagen. Nickend senke ich den Kopf, drehe mich um und verlasse das Haus. Unser Haus.

Kapitel 4

Nun sitze ich hier in meinem Auto und fahre in die Richtung, in die ich nie wieder fahren wollte. Zurück auf dem Weg in den Albtraum, der zu meiner Vergangenheit führt. Im Radio hat der Moderator, im Gegensatz zu mir, sehr gute Laune. Er macht Witze und spaßt herum. Genervt wechsle ich den Sender. Das ist nicht auszuhalten. Nicht in meiner Situation und mit meiner miesen Laune.

Was soll ich meiner Mutter sagen, wenn ich ankomme? Sie war eh nie einverstanden mit meiner Entscheidung. Deshalb auch unser Streit, oder eher unser Zerwürfnis. Was wird sie nun sagen, wenn ich plötzlich vor ihrer Tür stehe und reden will? Hat sie wirklich ihr Versprechen und das Schweigen gebrochen. Unter Tränen habe ich sie damals angefleht, nichts zu sagen und das Geheimnis mit ins Grab zu nehmen. Dann bin ich einfach gegangen und habe ihr so das Herz gebrochen, aber ich habe ihr nicht mehr in die Augen schauen können. Bis jetzt bin ich aus ihrem Leben verschwunden und nie wiedergekommen. Alle Versuche, mich anzurufen, sind fehlgeschlagen.

Tränen steigen erneut in mir auf und ich fange fürchterlich an zu schluchzen. Gar keine gute Idee auf der Autobahn bei der Geschwindigkeit, mit der ich mich fortbewege, zu heulen. Mein Auto ist mit jeglichem Schnickschnack ausgestattet. Dafür hat Martin beim Kauf des teuren Gefährts gesorgt. Wie viel das bei dem Tempo hilft, will ich allerdings nicht ausprobieren.

An einer Tankstelle fahre ich ran und genehmige mir erstmal einen Kaffee. Seufzend setze ich mich auf den Kinderspielplatz, auf dem einiges los ist. Kinder rutschen quietschend die lange Rutsche herunter, andere johlen, wenn die Väter sie umherwirbeln. Mütter schubsen ihre Kleinen beim Schaukeln an und grinsen über beide Wangen. Ich habe nie so unbeschwert mit meinen Kindern spielen können. Das bereue ich zutiefst, habe es aber einfach nicht ändern können.

„Geht es dir nicht gut? Hast du Aua?" Ein kleines Mädchen steht vor mir und guckt mich aus großen Augen an.

Ich habe gar nicht gemerkt, dass ich schon wieder weine. Die Kleine schaut besorgt.

„Nein, nein. Mir geht es gut. Das sind Freudentränen", lüge ich mit jahrelanger Übung.

Die Mutter des Mädchens kommt herüber und ermahnt ihre Tochter. „Lass die Frau mal in Ruhe. Sie möchte sich bestimmt ausruhen."

Das kleine Mädchen verabschiedet sich höflich und geht wieder spielen. Liebevoll streichelt die Mutter ihr beim Gehen über den Kopf. Ich nehme mir vor, auch meine Kinder unbeschwerter zu behandeln, wenn ich meine Vergangenheit geklärt habe und wieder nach Hause komme. Ich möchte auch so ein Verhältnis zu meinen Kindern.

Meine Mutter war ja schließlich auch so. Nur ich, ich kann es nicht. Verärgert über mich selber schüttle ich den Kopf. Verdammt nochmal, Samira, kriege deine Vergangenheit in den Griff, damit du die Zukunft genießen kannst! Das hättest du schon längst tun sollen!

Die restliche Fahrt vergeht ohne weitere Zwischenfälle. Nun stehe ich vor meinem Elternhaus und komme mir wieder vor wie mit sechzehn. Ich sehe in Gedanken meine Mutter an der Tür knien, wie sie mich anfleht, nicht zu gehen. Doch ich drehe mich nicht einmal um, sondern ziehe meine Koffer hinter mir her und steige in das Auto des Jugendamtes.

‚Möchtest du dich nicht von deiner Mutter verabschieden?', hallen die Worte der Frau in meinem Kopf wider, die mich abgeholt hat. Ich habe ihr nicht geantwortet und nur stur meine Koffer ins Auto gepackt, ehe ich mich mit gesenktem Kopf hineingesetzt habe. Was die Frau gedacht hat, was vorgefallen ist, weiß ich nicht. Es ist mir aber auch egal gewesen. Ich habe eisern geschwiegen.

Nun stehe ich, Jahre später, erneut hier. Auf dem Weg, wo meine Vergangenheit hat enden und meine Zukunft beginnen sollen. Doch das Einzige, was hier geendet hat, ist meine Familie und mein unbeschwertes Leben.

Das Haus sieht noch genauso aus wie in meiner Erinnerung, aber die Blumen und Büsche haben sich etwas verändert. Ein kleiner Busch fehlt, ein anderer ist dazugekommen. Im Großen und Ganzen sieht es aber noch genauso aus.

Wie lange ich schon neben meinem Auto stehe und das Haus betrachte, weiß ich nicht. Plötzlich geht die Haustür auf und eine ältere Frau kommt heraus. Sie bleibt genauso starr stehen wie ich und guckt mich erstaunt an.

„Samira!" Sie bricht fast weinend zusammen.

Nun fällt es mir wie Schuppen von den Augen. Die ältere Frau ist meine Mutter! Die ergrauten Haare sind zu einem Dutt zusammengebunden und die Wangen eingefallen. Sie ist deutlich gealtert, seit ich sie damals verlassen habe. Es sind ja schließlich schon 15 Jahre vergangen. Sie sieht fürchterlich aus. Was habe ich ihr angetan? Weinend laufe ich auf meine Mutter zu, die an der Tür kniet.

„Es tut mir leid, so leid", flüstere ich, als ich neben ihr auf den Boden sitze und sie ganz fest umarme. „Ich bin eine schreckliche Tochter", setze ich schluchzend hinzu. Und damit habe ich noch untertreiben.

Doch sie sagt nichts, sondern nimmt mich einfach fest in ihre zarten Arme und küsst meine Wangen, über die sich meine Tränen wie Sturzbäche ergießen. Wir sitzen einfach da und halten uns fest. Als wenn wir die ganzen Jahre nachholen, die ich vergeudet habe.

„Möchtest du reinkommen?" Sie blickt mich angsterfüllt an.

Kein Wort bringe ich hervor. Meine Lippen sind wie zugenäht. Ich nicke nur.

Auch im Inneren des Hauses sieht es noch aus wie früher. Das ein oder andere Möbelstück ist ausgetauscht, aber im Großen und Ganzen hat sich nichts verändert. Im Vorbeigehen streichle ich vorsichtig über den dunklen, massiven Schuhschrank, an dem ich mir früher immer den

Zeh gestoßen habe. Der ist geblieben. Wie oft hat meine Mutter mich ermahnt, nicht so schnell durch den Flur zu rennen? Doch gehorcht habe ich nie, bin immer wie eine Verrückte rumgerannt und habe mir dabei nicht nur einmal den Fuß an dem Schrank gestoßen. Mein Zeh kann sich da noch gut dran erinnern. Instinktiv tut er weh und ich muss leise lachen.

Nun sitze ich hier in der Küche, an dem Tisch meiner Kindheit, der mitten im Raum steht. Mit meinen Freundinnen habe ich hier oft fangen gespielt, man kann so schön einmal komplett um den Tisch herumlaufen. Von der Küche aus gehen drei Türen ab. Eine führt in den Flur mit dem massiven Schrank, eine in den Garten und die letzte in den anderen Flur, der zum Hauswirtschaftsraum und zur zweiten Haustür führt. Die Räume sind verflochten und ungünstig geschnitten, aber es hat Charme, das muss ich zugeben.

Ich grinse vor mich hin, was meiner Mutter nicht entgeht. Sie war schon immer sehr aufmerksam. Still sitzen wir da und trinken unseren Tee. Sie mag keinen Kaffee. Woher ich meine Sucht nach dem starken, schwarzen Getränk habe, weiß ich also nicht. Bei uns gab es immer nur Tee. Vielleicht war es eine Art

Rebellion von mir. Wer weiß das schon. Wäre ja nicht ungewöhnlich.

„Was verschlägt dich hierher zurück?", fragt meine Mutter und durchbricht die Stille zwischen uns.

Prompt verschlucke ich mich. Was soll ich darauf antworten? Die ganze Fahrt über habe ich darüber gegrübelt, ohne Ergebnis. Mir fehlen die Worte. Genau wie damals, als ich gegangen bin. Doch sie drängt mich nicht. Bleibt ruhig sitzen und trinkt ihren Tee.

„Ich habe Albträume, Mum", bricht es aus mir hervor. Vorsichtig stelle ich meine Tasse ab und blicke sie eindringlich an. „Ich träume von Kai. Er weiß es! Sagt, du hättest mit ihm gesprochen. Bitte, sage mir, dass es nicht so ist, bitte!", flehe ich sie an.

Sie bleibt noch immer still und sagt nichts. Es kommt einem Geständnis gleich.

„Du hast es mir versprochen!" Tränen bahnen sich erneut ihren Weg über meine Wangen. Sie guckt nur still zu Boden und versucht nicht einmal, es zu leugnen. „Warum?"

Meine Stimme versagt unter der Last an Tränen, die meine Augen verlassen und mein Gesicht bedecken.

-Stille-

„Sag was, Mum!"

-Stille-

„Bitte", flüstere ich.

Tief luftholend beginnt sie endlich zu reden. „Samira, es tut mir leid, dass ich mein Versprechen gebrochen habe. Kai kam eines Tages hier vorbei und wollte mit mir reden. Er hat dich gesucht."

Und schon ist sie erneut still und ich ungeduldig. Ich knirsche nervös mit den Zähnen. „Und weiter?"

„Sollte ich lügen?" Sie guckt mich entsetzt an.

„Ja!" Ich bin völlig von meiner Aussage überzeugt.

„Samira, das ist nicht dein Ernst!" Meine Mutter ist fassungslos und ich komme ins Grübeln.

Nun ist es erstmal wieder still. Wir beide überlegen und ringen mit den Worten. Wo ist die unbeschwerte Zeit hin, in der wir ungezwungen und wie selbstverständlich miteinander umgegangen sind? Als wir noch gemeinsam lachen und über Gott und die Welt sprechen konnten, ohne darauf zu achten, was wir besser nicht sagen sollen.

Ich habe es kaputt gemacht. In dem Moment, als ich ihr das Versprechen abgenommen habe, nichts zu sagen, und mein Geheimnis zu unserem werden ließ. Doch nun ist es keines mehr. Es ist raus. Nur ich renne noch damit im Herzen rum und seither frisst es sich durch meinen Körper. Macht mich und meine Ehe kaputt. Die nächsten Tränen laufen langsam über meinen Wangen und tropfen eine nach der anderen auf den Tisch.

„Samira, es tut mir leid, aber ich konnte nicht lügen. Er wusste es und wollte nur noch Bestätigung.“
„Er wusste es?“ Ich bin geschockt.

Woher wusste Kai es? Meine Gedanken kreisen. Ich habe es niemanden gesagt und bin rechtzeitig aus unserem kleinen Dorf verschwunden, bevor man es sehen konnte. Nichts kann man hier geheim halten, das war mir schon damals klar. Also habe ich meinem alten und unbeschwerten Leben den Rücken gekehrt und bin verschwunden. Für die Meisten völlig unerwartet. Es hat sicherlich viel Gerede gegeben, dem bin ich mir bewusst. Nur meine Mutter hat gewusst, warum ich wirklich gegangen bin. Leicht ist es mir nicht gefallen, doch ich habe mich nie wieder dahin umgesehen. Das schlechte Gewissen plagt mich seit jenem Tag.

„Woher er es wusste, kann ich dir nicht sagen. Kai war auf der Suche nach dir und eurem Kind.“ Sie verstummt.
Bei den letzten Worten kräuseln sich mir meine Nackenhaare.

„Unserem Kind“, wiederhole ich leise und fange wieder an, zu weinen.

Instinktiv fasse ich mir an meinen Bauch, wo das kleine Wesen neun Monate herangewachsen ist. Ich habe es jahrelang für mich behalten, fünfzehn Jahre geleugnet, dass ich schon ein Kind und meine beiden noch ein Geschwisterchen haben. Ich schlucke bei diesem Gedanken. Was werden Martin, Jack und Sophie sagen, wenn sie DAS erfahren?

„Wo warst du all die Jahre?“ Meine Mutter guckt mich aus großen Augen an.

Sie weiß nichts über mein Leben mit Martin, geschweige denn von ihren Enkelkindern.

„Weit weg“, fange ich langsam an. Meine Mutter rollt mit den Augen, worauf ich grinsen muss.

Ich erzähle ihr von meinem Mann, den Kindern und meinem Job. Es lenkt uns von dem ab, was sie eigentlich wissen möchte. Meine Mutter löchert mich, wobei ihre Augen leuchten. Sie hat sich immer Enkelkinder gewünscht.

Umso geschockter und entsetzter ist sie damals gewesen, als ich über eine Abtreibung nachgedacht habe. Mit Engelszungen hat sie auf mich eingeredet, das Kind zu behalten. Sie hätte es sogar als ihres ausgegeben. Doch ich habe mich vehement dagegen gewehrt.

Sie strahlt mich an, als ich ihr ein Familienfoto von uns dreien zeige, und quetscht mich weiter aus. Plötzlich wird sie ernst und ergreift meine Hand. „Weiß Martin von deinem Kind?"

Ich schlucke und suche nach Worten. „Nein", bringe ich bloß hervor und fange wieder an, zu weinen. Nun hält uns nichts mehr. Heulend fallen wir uns in die Arme. „Ich weiß nicht wo sie ist", setze ich hinzu. „Gleich nach der Geburt kam sie in die Obhut des Jugendamtes. Ich wollte sie nicht einmal sehen."

In meiner Brust macht sich das gleiche beklommene Gefühl wie damals breit. Mir raubt es fast den Atem und ich ringe nach Luft.

„Die Kleine wurde von einer liebevollen Familie adoptiert, das ist das Einzige, was ich weiß und wissen wollte. Den Kontakt habe weder ich noch sie gesucht."

Liebevoll streichelt meine Mutter mir über mein Haar. Sie merkt, dass ich es bereue. All die Jahre habe ich nie mit der Vergangenheit abgeschlossen und es hat sich durch mein Herz gefressen und zerstört mein Leben. Und nicht nur das, auch das meiner Kinder und meines Ehemanns.

Bis spät in die Nacht sitzen meine Mutter und ich noch in der Küche, reden, weinen und lachen. So unbeschwert habe ich mich schon lange nicht mehr gefühlt.

Kapitel 5

***

„Endlich bist du hier", gibt Kai vorsichtig von sich.

Oh nein, nicht schon wieder! Aber das eine Mal stelle ich mich und laufe nicht davon! Seufzend gehe ich auf ihn zu: „Was willst du?"

Kais Augenbrauen huschen nach oben. Er ist sichtlich erstaunt, dass ich nicht kreischend weglaufe. Ihm fehlen die Worte. Ich mustere ihn von oben bis unten. Er ist ein schicker Mann geworden. Nur leicht angegraut. Etwas früh für sein Alter, aber durchaus attraktiv. Als Teenager ist er schon sehr schick anzusehen gewesen. Nicht umsonst bin ich seinem Charme erlegen und so sind wir im Bett gelandet. Ohne Verhütung versteht sich. Ich bin zu der Zeit halt jung und dämlich gewesen. Und genau diese jugendliche Dummheit hat mich in diese verzwickte Situation und damit mein ganzes Leben durcheinandergebracht.

„Hast du deine Zunge verschluckt?", fahre ich ihn an.

„Na holla, du bist ja giftig", mault Kai.

Nun werde ich sauer. „Hör mal zu, mein Lieber! Du bist derjenige, der mich seit Monaten verfolgt und mein ganzes Leben auf den Kopf stellt. Also überlege ganz gut, was du sagst!"

„Dein Temperament hast du auf jeden Fall nicht verloren", knurrt Kai mich an.

„Nochmal, was willst du von mir?" Knurren kann ich auch und lasse ihn das auch hören.

Langsam geht er in meine Richtung, was mich ins Wanken bringt. Er war meine erste große Liebe und mein erstes Mal. Ein dicker, fetter Kloß setzt sich in meinen Hals fest. Seine Hand streichelt über meinen Arm und ich zucke erschrocken zusammen. Er setzt sich auf die Bank und zeigt auf den Platz neben sich.

„Bitte lass uns vernünftig reden Samira. Wir sind erwachsen und sollten es auf die Reihe bekommen, ein paar Worte zu wechseln, ohne zu schreien." Er guckt mir tief in die Augen. Vorsichtig setze ich mich hin und starre auf den Boden. „Kannst du mir erklären, was damals passiert ist?"

-Stille.-

„Bitte", fleht er mich an.

-Stille.-

„Boah Samira, du bist erwachsen, bitte rede mit mir. Ich denke doch, dass ich eine Antwort, eine Erklärung verdient habe." Er knirscht mit den Zähnen.

Tief einatmend gebe ich auf und breche widerwillig mein Schweigen.

„Ich bin durch unsere gemeinsame Nacht schwanger geworden."

-Betretenes Schweigen beiderseits.-

„Warum hast du mir nie was gesagt? Du hast nicht einmal auf meine Anrufe oder Briefe reagiert. Ich war wirklich in dich verliebt und hätte zu dir und dem Kind gestanden", gibt mir Kai enthusiastisch zu verstehen.

Dieser Kindskopf, denke ich.

„Kai. Ich wollte das Kind nicht. Wir waren noch viel zu jung und entschuldige meine Ehrlichkeit, aber ich war nicht verliebt. Ausprobieren wollte ich mich."

„Na das ging wohl in die Hose." Kai wird lauter, er ist sichtlich verletzt. „Trotzdem hatte ich ein Recht darauf, es zu erfahren!"

„Ein Recht drauf? Es ist mein Körper, mein Leben, das sich verändert hat. Du hattest einen Scheißdreck!", brülle ich ihn an. „Und wo zum Teufel sind wir hier überhaupt? Warum verfolgst du mich in meinen Träumen?", maule ich ihn leiser geworden an.

„Du bist ja ganz witzig. Wie sollte ich dich denn finden? Außerdem bist du im Traum schon weggelaufen. Sag nicht, du hättest am Telefon nicht aufgelegt oder wärst weggerannt, wenn ich vor deiner Tür gestanden hätte!"

Er schmollt, hat aber recht. Ich wäre weggelaufen und hätte aufgelegt,

„Gib mir Zeit zum Nachdenken", flüstere ich und gehe.

„Die haben wir aber nicht", ruft er mir noch hinterher, bevor ich aufwache.

***

Seine Worte hallen in meinen Kopf nach. ‚Die haben wir aber nicht.' Was meint er damit? Warum nicht? Was ist so dringend, dass wir keine Zeit haben, drüber nachzudenken, was wir machen sollen und können. Ich kann ja schlecht im Leben unserer Tochter auftauchen und sagen: „Hey, ich bin übrigens deine Mutter! Du wurdest nur adoptiert."

Das ist auch keine feine Art. Außerdem weiß ich nicht einmal, wo sie ist und von wer sie adoptiert hat. Seufzend sitze ich in meinem Bett und grüble. Was war mein Leben perfekt, bevor diese blöden Träume angefangen haben.

Verdammt! Warum tut Kai mir das an? Hat er kein eigenes Leben? Meine Mutter klopft vorsichtig an die Tür. Das bedeutet wohl, ich soll mal aufstehen.

Nachdenklich schlendere ich in die Küche. Dort bleibt mir fast die Luft weg. Am Küchentisch sitzt Kai und schlürft einen Kaffee.

„Wir haben Besuch", meint meine Mutter sichtlich erfreut.

„Das ist nicht zu übersehen", maule ich gequält.

Ich schäme mich für meine Reaktion, fühle mich aber etwas überrumpelt. Ich sehe aus wie ein Wischmopp am Kopf, trage noch mein Nachthemd und habe noch nicht einmal die Zähne geputzt. Na danke auch, Mum. Kai hingegen sieht genauso hinreißend aus wie heute Nacht im Traum. Mir steht der Mund offen.

Kai findet als erster seine Sprache wieder. „Schön, dich wiederzusehen, Samira."

Meine Augenbrauen nach oben gezogen drehe ich mich um und gehe wortlos ins Bad.

„Sie meint es nicht so", höre ich meine Mutter sagen.

„Doch tut sie!", rufe ich aus dem Bad zurück, was die zwei nur zum Lachen bringt.

Na toll, die nehmen mich ja nicht einmal ernst und verschwören sich auch noch gegen mich!

Kurz die Haare etwas gerichtet, die Zähne geputzt und was angezogen stolziere ich zurück in die Küche. Kai sitzt immer noch da und macht nicht den Anschein, als ob er das ändern möchte. So schnell werde ich ihn wohl nicht los.

„Bekomme ich bitte auch so einen schwarzen Kaffee?" Ohne mein Suchtgetränk halte ich das Gespräch sicherlich nicht durch.

Betretene Stille breitet sich im Raum aus. Ich starre in meinen Kaffee, als wenn ich dort meine Antworten suche. Kai guckt mich an und meine Mutter linst zwischen uns beiden hin und her wie beim Tennis. So hat sie sicherlich bald Nackenschmerzen.

Sie bricht als erste das Schweigen. „Kinder! Nun redet endlich miteinander! Die Stille ist nicht auszuhalten. Ihr müsst euch endlich aussprechen. Kai hat dringende Neuigkeiten. Es ist wirklich wichtig, Samira."

Ein ungutes Bauchgefühl beschleicht mich. Seine Worte heute Nacht fallen mir wieder ein. ‚Die haben wir aber nicht.‘

„Was ist los?", platzt es aus mir heraus.

„Wie soll ich anfangen?", stottert Kai.

Ungeduldig trommle ich mit den Fingern auf unserem Küchentisch herum. Diese dumme Angewohnheit hatte ich schon als Kleinkind, was meine Mutter ziemlich zur Weißglut gebracht hat. So auch heute.

„Samira! Hör auf damit!", donnert sie los.

Innerlich zucke ich zusammen und setze mich schlagartig gerade hin. So nett meine Mutter auch ist, so streng kann sie noch immer sein.

Kai grinst.

Na danke.

„Die Zeit rennt uns davon Samira. Wir müssen unsere Tochter finden", fängt er vorsichtig an.

Mein Kopf rauscht. Was kann so dringend sein, dass wir keine Zeit haben und sie nicht erstmal erwachsen werden darf?

„Erzählst du weiter? Bis jetzt sehe ich noch keinen Grund dazu." Meine Geduld war noch nie die Beste.

„Samira, sie wurde entführt."

Meine Gedanken fahren Karussell. Woher will er das wissen und wieso soll unsere Tochter entführt worden sein? Mir fehlen die Worte. Ich starre Kai nur ungläubig an.

„Hast du mich verstanden?"

„Ja, das habe ich, aber mir wird nicht ganz klar, woher du das weißt und wieso gerade unsere Tochter entführt sein soll." Ich kann es immer noch nicht glauben.

Mein Kopf rauscht und mein Magen dreht sich um.

„Samira?"

Dumpf höre ich Kais Stimme. Ich stehe auf, aber meine Beine verweigern mir den Dienst, und ich sacke neben meinem Stuhl zusammen.

„Oh Gott, Samira!" Der besorgte Ausruf meiner Mutter ist das letzte, was ich noch mitbekomme, bevor mein Kopf auf dem Boden aufschlägt.

Ein schwarzes Loch empfängt mich, wofür ich sehr dankbar bin. Meine Ohren hören auf zu rauschen, mein Kopf dreht sich nicht mehr und mein Magen hört auf zu rebellieren. Alles ist gut, bis mich etwas hart im Gesicht trifft. Langsam öffne ich die Augen und blicke in Kais Gesicht. Schade, das war dieses eine Mal wohl kein Traum.

Meine Mutter reißt mich an sich und faucht ihn an. „Das hätte aber nicht so doll sein müssen!"

Mit einer Hand fasse ich an meine Wange. Sie schmerzt. Kai guckt mich schuldbewusst an.

„Hast du mich gerade geschlagen?“
Wutentbrannt stoße ich meine Mutter von mir
weg und springe auf die Füße. Kai taumelt
erschrocken nach hinten. Doch noch bevor ich
bei ihm ankomme, dreht sich mir der Magen um
und ich schwanke ins Badezimmer. Mein
gesamtes Abendessen landet in der Toilette. Vor
der Tür höre ich besorgte Stimmen. Nachdem
mein Magen leer ist und die Krämpfe aufgehört
haben, sacke ich wimmernd zusammen.

Genauso habe ich vor fünfzehn Jahren hier
gesessen. So hat mein Dilemma angefangen. Aus
meinem Wimmern wird ein rauschender Bach
aus Tränen. Ebenfalls wie damals steht meine
Mutter vor dem Badezimmer und redet auf mich
ein. Ich solle die Tür öffnen. Und genau wie
damals höre ich nicht zu, sondern heule weiter.

Na super Samira, du bist ja keinen Deut reifer
geworden.

Meine Mutter ist heute allerdings nicht so
sorgsam wie damals. Sie hämmert gegen die Tür
und brüllt mich an. Ich wische mir die Tränen
ab, stehe auf und wasche mir erstmal das
Gesicht kalt ab. Dann wird mir wieder bewusst,
warum ich hier eigentlich gelandet bin.

Sie wurde entführt. Meine Tochter wurde
entführt! Obwohl ich sie nicht einmal einen Tag

kenne, versetzt dieser Gedanke mir einen Stich ins Herz. Wer tut so etwas und warum? Ich weiß nichts über ihre Adoptiveltern, das wollte ich nicht. Wütend reiße ich die Tür auf und schaue in vier vor Schreck geweitete Augen.

„Was?!“

„Man Samira, von deinen dauernden Stimmungsschwankungen bekomme ich ein Schleudertrauma!“, brüllt Kai zurück. Er hat recht. Ich bin unausstehlich. „Bitte, lass uns wie zivilisierte Erwachsene reden.“

„Warum und woher weißt du es?“ Meine Gedanken sind wie blockiert.

Kai holt tief Luft, bevor er zu einer Erklärung ansetzt. „Mir ist zugetragen worden, dass du damals abgehauen bist, weil du schwanger warst. Derjenige hat allerdings nicht gewusst, dass wir eine Nacht zusammen verbracht haben. Das war ein Schlag ins Gesicht für mich, denn mir ist sofort klar geworden, dass es mein Kind sein muss. Es kann nicht anders sein. Du bist nie eines dieser Mädchen gewesen, das sich mit jedem abgegeben oder rumgetrieben hat. Daher habe ich Nachforschungen angestellt und deine Mutter genervt.“

Mit einem liebevollen Blick streift er meine Mutter, bevor er fortfährt. „Sie hat lange standgehalten, bevor sie unter Tränen zugegeben hat, dass du schwanger gewesen bist und deshalb ausgezogen. Auch, dass ihr euch gestritten habt, weil du das Kind zur Adoption hast freigeben wollen. Also habe ich beim Jugendamt angerufen, doch die haben mir nichts sagen dürfen, weil ich nicht einmal als Vater eingetragen bin. Das, meine Liebe, nehme ich dir übrigens krumm. Vater unbekannt, du spinnst wohl!" Maulig schaut Kai mich an.

Leicht grinse ich in mich hinein. Süß ist er ja schon.

Kai guckt ungläubig, bevor er fortfährt. „Zum Glück kenne ich jemanden im Jugendamt, die habe ich lange bearbeitet, bevor sie mir endlich gesagt hat, wohin unsere Tochter gekommen ist. Das war nicht einfach, muss ich zugeben. Die Kleine ist nicht sehr weit weg von hier zu einem netten Ehepaar gekommen, das keine Kinder bekommen konnte. Eine lange Zeit bin ich öfter an deren Haus vorbeigefahren und habe sie eines Tages im Vorgarten spielen sehen. Sie ist einfach wunderschön Samira. Das bezauberndste Wesen, das ich je sah. Ein Lachen, das jeden um den Finger wickelt, und ein Temperament wie ein Wirbelwind."

Tränen sammeln sich in seinen Augen. „Rede weiter, bitte", flehe ich ihn an.

„Einfach hingehen und sagen, wer ich bin ging nicht. Also habe ich die Familie und meine Kleine einfach beobachtet. Doch eines Tages hat mich der Adoptivvater bemerkt und ist auf mich losgegangen. Er hat mich angeschrien und mit der Polizei gedroht. Ich kann ihn gut verstehen, er hatte Angst um seine, beziehungsweise unsere Kleine. Also habe ich um ein Gespräch gebeten und ihm meine Lage erklärt. Eigentlich bin ich davon ausgegangen, dass er mich hochkant aus dem Haus wirft, doch genau das ist nicht passiert. Im Gegenteil. Er hat sich gefreut, dass er nun wusste, woher seine Tochter kommt, und dass er mich kennenlernen durfte. Auch dich würden sie gerne kennenlernen, doch das war ja nicht möglich. Der Kleinen haben sie allerdings nichts gesagt, was ich durchaus verstehe. Sie haben aber eingewilligt, dass ich sie kennenlernen und mich als alten Freund der Familie ausgeben darf. Die Wahrheit sollte sie irgendwann später erfahren. So habe ich sie aufwachsen sehen und sogar mit ihr spielen dürfen. Erst war die Familie etwas skeptisch und hat uns nicht aus den Augen gelassen. Nachvollziehbar, sie kannten mich ja gar nicht.

Nachdem ich aber angeboten habe, einen Vaterschaftstest zu machen, um zu beweisen, dass ich wirklich der leibliche Vater bin, waren sie beruhigt. Sie ist wirklich bezaubernd, Samira.“

Nach seinen letzten Worten ist er es, der riesengroße Krokodilstränen weint und mir zerreißt es das Herz. Was habe ich ihm angetan? Ich beginne zu zweifeln. Hätten wir es vielleicht auf die Reihe bekommen, die Kleine aufzuziehen? Meine Mutter hätte uns sicherlich unterstützt.

Erneut überkommt mich Übelkeit. Mein Magen dreht sich um und ich renne zurück zur Toilette. Jetzt bekommt sie auch noch meinen Kaffee. Heftig atmend knie ich auf den Fliesen davor und weine wieder. Doch ich möchte den Rest von Kais Geschichte hören, mehr von unserer Tochter erfahren und wissen, wieso zum Teufel jemand ein so tolles Geschöpf entführt.

Meine Mutter guckt mich besorgt an und hat mir schon ein Glas Wasser hingestellt. Das verstärkt mein schlechtes Gewissen den beiden gegenüber allerdings noch. Was bin ich nur für eine schreckliche Tochter, Frau und Mutter.

Kai hat sich inzwischen wieder beruhigt und fährt mit seiner Erzählung fort. „Ich habe sogar zum Geburtstag kommen dürfen und es hat sich eine richtige Freundschaft zwischen Manfred, Jessica, Emma und mir entwickelt. Emmas Freude war immer riesig, sobald sie mich gesehen hat, und ich habe bald mit ihr alleine Unternehmungen machen dürfen. Wir sind schwimmen gegangen, ich habe ihr beim Reiten zugeschaut und sie zum Training gefahren. Die Familie hat mir vertraut. Umso härter hat es mich getroffen, als Manfred mich eines Tages anrief und mich beschuldigte, Emma entführt zu haben. Er hat mich angebrüllt und mir den Boden unter den Füßen weggezogen. Ich wusste ja schließlich, dass ich es nicht gewesen bin und somit, dass es ernst ist! Doch er hat mir nicht geglaubt und mir ein Ultimatum gesetzt, Emma zurückzubringen. Seither suche ich unsere Kleine. Die Familie weiß inzwischen, dass ich es nicht war. Hoffe ich zumindest."

Kais Stimme versagt daraufhin und mir wird erneut schlecht. Emma, was ein wundervoller Name für unsere Tochter. Doch wo ist sie und wer hat die kleine Emma? Mein Magen rebelliert erneut und mir wird wieder schwarz vor Augen. Oh nein! Nicht schon wieder.

Seit meiner Schwangerschaft bin ich nicht mehr so oft ohnmächtig gewesen wie jetzt! Mit allen Mitteln kämpfe ich dagegen an, doch ich verlier den Kampf und falle wieder in ein schwarzes Loch aus Nichts. Keine Gedanken mehr, die in meinem Gehirn kreisen und keine Übelkeit mehr. Etwas Gutes hat so eine Ohnmacht wenigstens.

Als ich wieder wach werde, liege ich zugedeckt auf dem Sofa. Auf dem Fußboden neben mir sitzt meine Mutter. Ihr Kopf auf ihren Arm abgelegt, mit dem sie sich auf der Coach abstützt. Sie schläft, was mir ein Lächeln ins Gesicht zaubert. Sie ist immer so fürsorglich. Und was habe ich gemacht? Ich bin abgehauen, als wenn mein Schlamassel ihre Schuld gewesen ist. Aber sie konnte am wenigsten dafür. Ich bin ganz alleine dafür verantwortlich, oder eher gesagt wir, Kai war ja auch daran beteiligt. Gänsehaut überkommt mich, als ich an unsere erste und einzige Nacht zurückdenke. Er ist so zärtlich und vorsichtig gewesen, da er gewusst hat, dass es mein erstes Mal ist. Im Gegensatz zu mir. Ich bin trampelig und ungeduldig gewesen und habe gar nicht gewusst, was für ein Glück ich da gehabt habe mit diesem so liebevollen jungen Mann.

„Wach?" Kais Stimme ertönt leise vom Sessel neben dem Sofa. Ich habe ihn gar nicht bemerkt.

Erschrocken zucke ich zusammen, woraufhin meine Mutter auch wieder aufwacht. Ein Blick auf die Uhr verrät mir, dass es schon mittags ist, was das laute Knurren meines Magens erklärt.

Bei einem ausgiebigen Mittag erklärt Kai uns, was er weiß und geschehen ist. Fünf Jahre kennt er Emma nun schon und ist somit ein fester Teil ihres Lebens und eine Vertrauensperson der Familie geworden. Etwas neidisch und wehmütig senke ich den Kopf. Es versetzt mir einen Stich zu wissen, dass ich bei all meinen Kindern versagt habe. Nicht nur bei Emma, sondern auch bei Sophie und Jack. Ob sie mich überhaupt vermissen? Eine Träne bahnt sich den Weg meine Wange hinunter. Kai entdeckt sie und wischt sie sofort ab.

„Wir finden sie, Samira. Ich finde unsere Kleine, das verspreche ich dir!"

Auch er ist ein wundervoller Mann und Vater. Womit habe ich solche Männer in meinem Leben verdient? Ich bin so furchtbar zu ihnen und sie glätten mir die Wege, lesen mir alle Wünsche von den Augen ab und verzeihen mir alle Eskapaden. Andere Frauen haben da weniger Glück.

„Danke."

Mehr bringe ich gerade nicht heraus. Etwas wenig in Anbetracht, was ich Kai angetan habe, indem ich ihm die Schwangerschaft verheimlicht und ihm somit um seine Tochter gebracht habe. Doch es reicht, um ein Lächeln auf sein Gesicht zu zaubern. Ob er mir jemals verzeihen kann?

So sitzen wir den ganzen Nachmittag in der Küche meiner Mutter und erzählen, was die Jahre über in unseren Leben los gewesen ist und was wir gemacht haben. Ich rede von meiner Familie und er von seiner Arbeit und seinen Verhältnissen. Eine Frau oder feste Freundin hat er nicht. Seine letzte Freundin hat wohl etwas eifersüchtig auf Emma reagiert, so dass er sie in den Wind geschossen hat. Niemand weiß, dass er ihr Vater ist.

Es ist eine gelöste Stimmung, sodass man fast vergessen könnte, wieso er mich in den Träumen aufgesucht hat und warum ich bei meiner Mutter bin. Wir lachen und können ganz ungezwungen miteinander umgehen. Meine Mutter kommt regelmäßig herein und lächelt. Wenn es nicht so einen ernsten Hintergrund gäbe, könnte es gerade nicht besser laufen.

„Zurück zum Wesentlichen", unterbricht Kai ernst geworden unsere lockere Plauderei. „Weiß irgendjemand von Emma? Hast du es deinem Mann wirklich nicht erzählt?“

Eindringlich schaut er mir in die Augen, doch ich verstehe nicht, was er damit andeuten will. Was hat das Ganze mit Martin zu tun? Nur langsam versteht mein Gehirn, was er mit der Frage bezweckt oder andeutet.

„Willst du mich verarschen?!“ Aufgebracht werfe ich den Kaffeebecher an die Wand, ganz dicht an seinem Kopf vorbei. „Martin weiß nichts von Emma und selbst wenn, wäre er nie in der Lage, ein Kind zu entführen oder ihr was anzutun. Er ist der liebevollste Vater, den ich kenne! Du kennst ihn ja nicht einmal!“

Kai blickt entsetzt auf die Scherben hinter sich, bevor er unbeirrt fortfährt. „Im Gegensatz zu dir. Du hast dich wohl eher nicht im Griff.“

Ein lauter Streit entfacht, sodass meine Mutter sich zwischen uns stellt, um uns zu bremsen. „Sagt mal, seid ihr beide verrückt? Habt ihr vergessen, was euch hierhergeführt hat? Ihr müsst Emma finden. Und was tut ihr beiden? Ihr streitet euch! Benehmt euch doch mal wie Erwachsene und nicht wie Teenager! Himmel nochmal. Denkt nach!“

Sie steht zwischen uns, die Arme weit ausgestreckt, um uns auf Abstand zu halten. Sie hat recht. Wir streiten uns wie ein paar Halbstarke, während irgendein verrückter unsere Tochter gefangen hält oder gar Schlimmeres mit ihr macht. Schwer atmend setze ich mich wieder und hole tief Luft.

„Kannst du mich zu Manfred und Jessica bringen? Ich möchte sie gerne kennenlernen."

Kai ist verdutzt, willigt aber sofort ein. Wir besprechen unser weiteres Vorgehen und einigen uns darauf, erst morgen hinzufahren. Der Tag ist schon weit fortgeschritten und ich muss mich dringend mal bei Martin und den Kindern melden. Ich habe mir fest vorgenommen, eine bessere Mutter zu werden und erst Martin und dann auch den Kindern von der Kleinen zu erzählen. Aber erst müssen wir sie finden. Wohlbehalten und gesund. Danach sehen wir weiter, wie ich das bewerkstellige, Martin die Wahrheit über meine Vergangenheit und somit über Kai und Emma zu erzählen.

Ich seufze. Das wird nicht leicht werden, obwohl er immer verständnisvoll und lieb ist, egal, welche Launen ich habe. Und davon habe ich eine Menge in unserer Ehe gehabt. Alleine in den Schwangerschaften bin ich unausstehlich gewesen und er hat so manche Nacht auf dem Sofa verbracht, weil ich ihn nicht in meiner

Nähe ertragen habe. Warum weiß ich bis heute nicht, aber alleine sein Geruch hat mich würgen lassen. Er hat es mit Humor genommen und ist ins Wohnzimmer ausgewandert. Ich hätte einen schlechteren Ehemann und Vater für meine Kinder erwischen können.

Meine Mutter, Kai und ich verbringen den Abend gemeinsam. Wir kochen zusammen, oder eher gesagt, die beiden kochen und ich gucke zu und probiere zwischendurch. Denn auch sie haben lachend festgestellt, dass kochen nicht mein Ding ist.

„Du kochst zu Hause doch nicht etwa, oder?“ Kai guckt mich lachend an, als ich versuche, die Paprika zu schneiden, und sie dabei quasi zerreiße.

Beleidigt bewerfe ich ihn damit und es entfacht eine Essensschlacht. Meine Mutter schüttelt den Kopf und verzieht sich lieber, um den Wischer zu holen. Kai und ich hingegen fangen gerade erst an. Wild lachend jagen wir uns um den Küchentisch herum und versuchen, den anderen mit Paprika, Spargel und Pilzen zu bewerfen. Als ich die Tomaten in die Hand bekomme und gerade werfen möchte, kommt meine Mutter herein.

„Halt Stopp! Nicht die Tomaten! Wo sind wir denn hier!“

Abrupt stoppt Kai, sodass ich nicht mehr bremsen kann und in ihn hineinrenne. Nun entfacht ein heilloses Durcheinander. Kai und ich lachen lauthals los und meine Mutter mault.

„Kinderkram“, höre ich genauso heraus wie, „Sind die nicht erwachsen? Die können den Dreck gleich selber wegmachen.“

Doch auch sie muss bei unserem Anblick lachen und ich verziehe mich, um zu duschen, damit die beiden die Pizza alleine fertigbekommen. Ich bin in der Küche eh keine Hilfe.

Die Pizza schmeckt einfach himmlisch. Mit dicken Bäuchen sitzen wir am Tisch und schnappen nach Luft. Mal vor Lachen und mal, weil wir zu viel gegessen haben.

„Es war ein wunderschöner Tag. Ich hole dich morgen Mittag ab, dann können wir zu Manfred und Jessica fahren“, flüstert Kai mir zu, als ich ihn zur Tür geleite. „Mach dir keine Sorgen, wir finden unsere Kleine“, setzt er hinzu, als er das Haus verlässt und sich noch ein letztes Mal umdreht.

Nun habe ich endlich Ruhe, um nachzudenken und Martin anzurufen. Leider ist es schon spät, sodass die Kinder schon schlafen. Das Gespräch mit Martin ist allerdings auch nur kurz, er muss am nächsten Tag wieder früh raus. Kai und ich haben einfach die Zeit vergessen und es war so unbeschwert. Nun, da Ruhe im Haus ist, sieht das ganz anders aus. Die Unbeschwertheit ist wie weggeblasen und ein Stein sitzt mir im Magen. Ich mache mir Vorwürfe, dass ich hier so unbeschwert mit einem anderen Mann rumalbere, während mein eigener Ehemann zu Hause, weit weg die Kinder hütet und sich sicherlich Sorgen macht. Und was ist mit Emma? Wir essen gemütlich, während wir nicht wissen, was mit ihr ist und wo sie ist. Geht es ihr gut? Wird sie gequält oder lebt sie überhaupt noch? Mir wird erneut schlecht. Was, wenn sie gar nicht mehr lebt?

Jetzt hält mich nichts mehr. Tränenüberströmt laufe ich zu meiner Mutter und werfe mich in ihre Arme. Wie immer, stellt sie keine Fragen, sondern streichelt liebevoll meinen Kopf.

„Ich weiß Samira, ich mache mir auch Sorgen."

Wie lange ich so auf ihrem Schoß liege, weiß ich nicht. Hier fühle ich mich geborgen und wieder wie ein Teenager. Ich habe meiner Mutter so viele Jahre mit mir und meinen

Kindern genommen. Hoffentlich verzeiht sie mir irgendwann.

Diese Nacht schlafe ich sehr unruhig. Zwar sucht Kai mich dieses Mal nicht heim, aber dieser Traum ist auch nicht besser. Mein kleines Mädchen wird mir vor meinen Augen entrissen und ich kann dem Ehepaar, das sie entführt nur weinend hinterhergucken. Sie lachen und haben fürchterliche, spitze Zähne und Clownsmasken. Gruselig. Ich mochte Clowns noch nie. Heftig atmend wache ich auf und gucke mich erstmal um. Eine Weile brauche ich, bis ich merke, wo genau ich bin.

Mein Zimmer sieht noch genauso aus, wie ich es zurückgelassen habe. Sogar die Poster von meinem Jugendschwarm hängen noch und er grinst mich breit an. Nur die Klamotten im großen Kiefernschrank, die sind nicht mehr da. Sie würden mir wohl auch kaum noch passen. Das Bett, ein flaches Futonbett, ist mit meiner damaligen Lieblingsbettwäsche bezogen. Möwen, Muscheln und das Meer zieren Kopfkissen und Decke. Ich habe das Meer schon immer geliebt. Dort lebe ich nun und kann täglich dem Meeresrauschen zuhören und den Sand unter meinen nackten Füßen spüren.

Und doch bin ich nicht wirklich glücklich, kann es nicht genießen.

Seufzend gucke ich mich um. Wie würde mein Leben aussehen, hätte ich mich damals anders entschieden? Wäre ich hier in unserem Dorf geblieben und hätte meine Emma hier großgezogen. Tränen laufen meine Wange entlang. Es hätte bestimmt viel Gerede gegeben. Die Bewohner hier sind sehr prüde. Nicht auszudenken, was sie meiner Mutter an den Kopf geworfen hätten. So ist es wohl besser gewesen, glaube ich. Oder rede ich mir das nur ein.

„Scheiße verdammt!"

Etwas genervt schleiche ich unter die Dusche. Vielleicht geht es mir danach ja besser.

„Liebes, möchtest du Kaffee oder Tee?", hallt es aus der Küche. Meine Mutter kann also auch nicht schlafen. Somit mache ich mich fertig und schlendere zu ihr, um mit meiner ebenso müden wie auch schlaflosen Mutter einen Kaffee zu schlürfen. Die Stimmung ist gedrückter als gestern Abend. Wir wissen beide nicht so richtig, was wir sagen sollen. Irgendwie fehlt Kais Leichtigkeit. Nach drei Tassen Tee findet meine Mutter als erste ihre Stimme wieder.

„Was hast du nun vor? Willst du es Martin und deinen Kindern sagen?"

Bei dem Gedanken wird mir ganz schlecht. Gestern Abend habe ich den Gedanken noch toll gefunden und es mir auch ganz fest vorgenommen. Doch heute bin ich nicht mehr ganz so enthusiastisch.

„Ich bin mir nicht sicher. Eigentlich sollte ich das tun, aber noch nicht. Erstmal muss Emma gefunden werden. Wir müssen sie finden, Mum."

Betreten gucke ich zu Boden. Etwas beklommen denke ich daran, dass ich heute zu Manfred und Jessica, den Adoptiveltern von Emma, fahre. Wie werden sie mich empfangen? Ich meine, werden sie genauso freundlich zu mir sein wie zu Kai? Im Gegensatz zu ihm habe ich mich aktiv gegen meine Tochter entschieden. Er hat nichts von ihr gewusst. Ich hätte den Kontakt schon längst mal suchen müssen. Sie ist ja schließlich schon fünfzehn.

Meine Mutter merkt mal wieder, was in mir vorgeht. Liebevoll nimmt sie mich in den Arm und drückt mich an sich. Ich hätte auch gerne so eine Bindung zu meinen Kindern, doch ich kann sie kaum in den Arm nehmen. Ihre Liebe verdiene ich nicht. Lange sitzen wir in der

Küche und reden. Langsam kommt auch die Ungezwungenheit wieder, auch wenn ich noch sehr vorsichtig bin. Sie kann am wenigsten dafür, dass ich gegangen bin. Eigentlich müsste sie vorsichtig im Umgang mit mir sein und nicht andersherum. Ich habe ihr unsagbar wehgetan, nicht sie mir.

Kapitel 6

„Meinst du, sie werden mich mögen? Oder schmeißen die beiden mich raus? Kai, ich habe Angst, dass sie meine Hilfe nicht wollen und mich dem Haus verweisen." Ängstlich blicke ich zu Boden, doch er ist die Ruhe selbst und versucht, mich zu beruhigen.

Kai redet mit Engelszungen auf mich ein, was mich etwas beschwichtigt, allerdings besiegt er nicht komplett meine Angst. Mit jedem Meter, den wir fahren, wächst der Wille, unsere Tochter zu finden und endlich kennenzulernen. Manfred und Jessica wohnen gar nicht weit von meiner Mutter entfernt. Nur zwei Dörfer weiter. Sie hätte sie jeder Zeit beim Einkaufen treffen können. Hat sie vielleicht sogar, ohne zu wissen, wem sie da gerade über den Weg läuft.

Nun komme ich doch ins Wanken, was Kai bemerkt. Seine Hand sucht die meine und umfasst sie ganz sanft.

„Keine Angst, sie sind wirklich sehr nett und wollten dich schon lange kennenlernen. Die beiden werden dich herzlich empfangen und sich freuen, dass du bei der Suche hilfst. Sie lieben unsere Tochter wirklich sehr. Die Polizei war bis jetzt noch keine Hilfe. Am Anfang haben sie mich und sogar dich zwischendurch verdächtigt. Es wundert mich, dass sie noch nicht bei dir waren, um dich und deinen Mann zu befragen. Da kann man mal sehen, wie ernst sie das Verschwinden von Emma nehmen. Immer wieder betonten sie, dass Jugendliche in dem Alter oft abhauen. Aber nicht Emma, nicht unsere Emma. Sie ist so vernünftig für ihr Alter."

Kai hält inne und mir wird ganz mulmig zumute. Unsere Tochter! Bei dem Gedanken muss ich lächeln.

Wir fahren die Auffahrt zu einem großen roten Backsteinhaus hoch. Das Grundstück ist riesig und ich stelle mir vor, wie Emma als kleines Kind hier herumgetobt und mit dem Fahrrad die Auffahrt langgefahren ist. Man kann ohne Probleme in einem großen Kreis Inlinern oder Radfahren, so weitläufig ist alles hier. Mir verschlägt es den Atem. Vor dem Haus befindet sich noch ein großer Vorgarten mit allerlei Blumen und kleinen Büschen. Vor meinem inneren Auge sehe ich Kinder toben und Purzelbäume schlagen.

Wir sind noch nicht mal an der Haustür angekommen, da fliegt sie auf und ein großer

Mann sprintet heraus. Geschockt bleibe ich wie angewurzelt stehen. Kai hingegen lächelt, als er ihm in die Arme rennt.

„Hast du was von ihr gehört? Sag bitte, du hast sie gefunden oder wenigstens etwas gehört!", fleht der große Mann Kai an. Er ist mindestens zwei Meter groß, adrett gekleidet und trägt einen Vollbart. Mit seinen Schultern ist er breit wie ein Schrank und ich bin entsetzt, wie klein Kai neben ihm aussieht.

Kai klopft ihm auf die Schulter. „Leider nein. Aber ich habe eine andere Überraschung für euch mitgebracht."

Sein Blick fällt auf mich, worauf ich hochrot anlaufe. Der große Mann guckt mich wie eine Ware von oben bis unten an. Na danke auch.

„Bin ich eine Kuh, die man begutachten muss?", fauche ich ihn ungehalten an, was ihn und Kai allerdings nur lachen lässt.

„Darf ich vorstellen, das ist Samira. Samira das ist Manfred und da hinten das ist Jessica, seine Frau." Kai zeigt Richtung Haustür, wo eine kleine Frau in eine Decke eingewickelt steht. Sie sieht so zerbrechlich aus. Die Augen verquollen rot, die Haut blass und das Haar zerzaust zu einem Dutt zusammengesteckt. Die Wangenknochen stechen hervor, sie sieht sehr eingefallen aus. Erschrocken weiche ich einen Schritt zurück, als sich Jessica nähert. Doch sie hat im Gegensatz zu mir keine Berührungsängste und streckt mir ihre Hand entgegen.

„Es ist mir eine Freude, dich endlich kennenzulernen. Du hast uns eine bezaubernde Tochter geschenkt."

In Anbetracht dieser freundlichen und liebevollen Worte fällt mir die Kinnlade herunter. Ich habe mit einigem gerechnet, aber nicht mit so viel Wärme und Liebe mir gegenüber. Auch Manfred kommt zur mir und reicht mir seine Hand zum Gruß.

„Danke, dass du zu uns kommst. Wir wollten dich schon längst kennenlernen."

Kai lächelt nur vor sich hin.

Gemeinsam gehen wir hinein in das beeindruckende Haus. Innen ist es genauso imposant wie draußen. Zwei kleine Kinder spielen gerade fangen. Sie müssen so sechs oder sieben Jahre alt sein und toben lautstark durch das Haus. Der Junge rennt mich fast um, entschuldigt sich aber, nach einer Ermahnung Jessicas sofort bei mir. Mein Blick bleibt bei den beiden Kindern hängen, was sofort auffällt.

„Das sind unsere Zwillinge. Auch die zwei
sind adoptiert. Wir können keine eigenen Kinder
bekommen, wollten aber immer welche haben.
Emma war die erste, die wir adoptiert haben. Sie
ist ein Geschenk des Himmels. Liebevoll guckt
Jessica zu Manfred. Wir lieben alle drei wie unser
eigen Fleisch und Blut. Auch die Zwillinge sind
gleich nach der Geburt zu uns gekommen. Die
drei wissen es allerdings nicht. Zumindest
Emma sollte es bald erfahren, doch dann hat sie
jemand entführt."

Bei dem Gedanken an die Geburt von Emma
und die Zeit danach wird mir ganz anders. Mit
einem Schaudern erinnere ich mich zurück an
den Krankenhausaufenthalt und die Schwestern,
die mit Engelszungen auf mich eingeredet
haben, ich solle die Kleine doch bitte wenigstens
ein paar Tage bei mir behalten und stillen. Doch
ich habe mich vehement geweigert und habe
damals auch die Adoptiveltern nicht
kennenlernen wollen. Nach einem langen
Kampf und mehreren Ausrastern meinerseits hat
man mir dann Tabletten zum Absetzen der
Milch gegeben. Instinktiv fasse ich mir an die
Brust, die damals ebenso höllisch geschmerzt hat
wie mein Herz.

Jessica und Manfred führen uns durch den großen Flur in ein noch größeres Wohnzimmer. Hier könnte man Fußball spielen. Ich pfeife leise durch die Zähne, aber wohl nicht leise genug, denn Jessica lacht, was mich erneut erröten lässt. An der Wand hängt ein großer Fernseher, der eher an eine Kinoleinwand erinnert. Mitten im Raum steht ein großes Sofa, wo sicherlich eine halbe Fußballmannschaft drauf Platz hat. Der Marmortisch, mit einer Schüssel voll mit Obst, sieht massiv aus.

Wo zum Teufel bin ich hier gelandet? Wenn ich mich so umschaue, komme ich mir klein und unbedeutend vor. Dabei sind Martin und ich nicht gerade arm und unser Haus auch nicht klein. Das hier ähnelt allerdings einem Palast. Erstaunt blicke ich mich um. Eine Fensterfront ziert eine lange Seite des Raumes.

„Putzt du die selber?", rutscht es mir heraus.

Jessica lächelt mich freundlich an und schüttelt den Kopf. In der Fensterfront ist eine Terrassentür eingelassen, durch sie gelangt man in den Garten. Auch der ist, wie soll es anders sein, sehr groß. Trotz des Trampolins, der Kletterburg mit Schaukel und Rutsche daran sowie des Pools kann man auch hier noch ohne Probleme Fußball spielen. Unser Garten zu

Hause sieht dagegen aus wie ein Vorgarten. Der Rasen ist kurz gemäht und wirkt nicht, als wenn dort Kinder drauf toben dürfen. Doch die Geräte werden sicherlich kaum zur Zierde dort stehen.

Nachdem ich fertig bin mit staunen, kehren wir zurück ins Wohnzimmer und setzen uns auf das extrem große Sofa. Manfred holt uns Kaffee, Tee und Kekse. Jessica hingegen sitzt ganz dicht neben mir und hängt an meinen Lippen, als ich ihre Fragen nach mir und meinem Leben beantworte. Ich komme mir fast wie ein Promi vor, so wie sie mich löchert. Manfred bemerkt mein Unbehagen und fängt an, über Emma zu reden. Nun leuchten Jessicas Augen und füllen sich mit Tränen. Sie vermisst die Kleine sehr. Er erzählt Geschichten aus ihrer Kindheit und holt Fotos, um sie mir zu zeigen.

Mir verschlägt es die Sprache. Emma sieht aus wie ich als Kind! Wenn mir jemand die Fotos hingelegt hätte, ohne zu sagen, dass es Emma ist, wäre ich der Meinung, das wäre ich. Beeindruckend diese Ähnlichkeit. Meine Kinnlade fällt herunter, was nicht unentdeckt bleibt. Fragend schauen mich die anderen an, doch mir fehlen die Worte. Nur ein paar Tränen rinnen mir die Wangen herunter. Kai holt sofort ein Taschentuch aus seiner Tasche, um es mir zu reichen.

„Alles okay?"

Sagen kann ich noch immer nichts, ein Nicken muss reichen. Voller Begeisterung blättere ich die Fotoalben durch. Bilder von Kindergeburtstagen, Zoobesuchen und Urlauben sind zu sehen. Leuchtende Kinderaugen und Bilder voller Liebe und Geborgenheit spiegeln sich in den Alben wieder.

„Das ist Fee, Emmas Lieblingspony. Sie hätte es nie alleine gelassen." Manfred zeigt auf ein dunkles Pony, das auf vielen Bildern zu sehen ist. „Egal, wie oft sie von ihr runtergefallen ist, sie ist immer wieder aufgestiegen und hat nicht aufgegeben. Die Reitlehrerin wollte ihr schon ein anderes Pony geben, doch Jessica hat es abgelehnt. Sie hat Biss", setzt Manfred hinterher, bevor er stockt.

Nun kommen wir an einen Punkt, wo uns allen schmerzlich bewusst ist, warum wir hier sind. Emmas Entführung. Bis zum jetzigen Zeitpunkt war die Unterhaltung unbeschwert und locker. Das ändert sich schlagartig.

„Weißt du, wo Emma ist? Kannst du sie uns wiederbringen?" Jessica guckt mich mit traurigen Augen eindringlich an. Mir verschlägt es erneut den Atem. Haben die etwas gedacht, ich hätte sie entführt und wäre deshalb hier? Ungläubig schaue ich zwischen Kai, Manfred und Jessica hin und her. Kai ist genauso verwirrt wie ich.

„Was meinst du damit?"

„Ich will meine Tochter zurück!"

Jessica springt auf und brüllt. Manfred versucht, sie zu beruhigen, doch es gelingt ihm nur halb. Sie schreit und weint. Mir laufen bei dem Anblick ebenfalls die Tränen. Ich kann sie nur zu gut verstehen. Mein Verhältnis zu Sophie und Jack ist nicht so wie Martins zu den beiden, doch wenn jemand sie entführen würde, wäre ich genauso betroffen. Bei Emma ist es ähnlich. Ich kenne sie nicht, doch sie ist meine Tochter! Ich fühle mit Jessica. Trotzdem bin ich gekränkt.

„Was willst du damit sagen?!"

Brüllen kann ich genauso. Entnervt springe ich vom Sofa. Kai und Manfred sind geschockt. Das haben sie wohl nicht erwartet. Jessica und ich stehen fast Nase an Nase und schreien uns wutentbrannt an. Es entfacht ein handfester Streit zwischen uns. Fassungslos gucken die Herren zu, wie wir uns heulend anbrüllen. Was Jessica schreit, kann ich nicht verstehen. Zu sehr bin ich damit beschäftigt zurückzubrüllen.

„Schluss jetzt!“ Manfred stellt sich zwischen uns und versucht, zu schlichten. Das gelingt ihm nicht wirklich, wir sind zu sehr in Rage. Der Streit droht, zu eskalieren. Sowas kenne ich bisher nur von Schulveranstaltungen oder auf Spielplätzen. Wenn sich zwei Kinder geschritten haben, die Eltern dazwischen gehen und sich in die Haare bekommen. Die Kinder haben nach kurzer Zeit wieder miteinander gespielt, während sich die Eltern immer noch lauthals angefaucht haben.

„Es ist auch meine Tochter, nicht nur eure!“

Mit diesen magischen Worten bringe ich Jessica zum Verstummen. Ruhe herrscht im ganzen übergroßen Wohnzimmer. Alle gucken mich ungläubig an. Nun hält mich nichts mehr. Ich breche auch heulend dem Sofa zusammen. Kai möchte zu mir, doch Jessica ist schneller und nimmt mich in den Arm. Schluchzend liegen wir uns in den Armen.

„So war das nicht gemeint. Auch wenn es wohl die sicherste Variante für Emma wäre“, erklärt Manfred.

„Wir sind verzweifelt, verzeihe mir“, schluchzt Jessica.

Mir fehlen allerdings die Worte.

Kai findet seine Stimme wieder. „Wir beruhigen uns mal alle wieder und setzen uns am besten hin. Nur zusammen können wir Emma finden. Eurer Reaktion entnehme ich mal, dass es nichts Neues gibt. Die Entführer haben sich also immer noch nicht gemeldet?"

Manfred schüttelt den Kopf. Jessica heult immer noch. So langsam verlässt mich die Geduld. „Was wisst ihr denn? Hat sich überhaupt mal jemand gemeldet?"

Erneutes Kopfschütteln. Panik macht sich in mir breit. Woher wissen sie dann, dass sie noch lebt. Mein Kopf schwirrt, die Ohren sausen und mir wird übel. Wild schüttle ich den Kopf, um die Gedanken loszuwerden. Doch es gelingt mir nicht.

„Woher wisst ihr, dass sie noch lebt?" Unüberlegt platzt aus mir heraus, was alle denken, aber keiner wahrhaben oder gar aussprechen möchte.

Sechs entsetzte Augen gucken mich an und mir wird noch unbehaglicher zumute.

„Weil ich es fühle. Genau hier." Jessica fasst sich an ihre linke Brust, wo das Herz sitzt. „Du hast sie geboren, du musst es doch auch fühlen."

Wenn ich das mal so genau sagen könnte. Im Moment fühle ich eher ein heilloses

Durcheinander in meinem Herzen. Trotzdem nicke ich. Überzeugt bin ich nicht, aber wenn es hilft, Jessica zu beruhigen, dann lüge ich halt.

„Wollen wir mal zusammentragen, was jeder einzelne weiß. Vielleicht haben wir etwas übersehen. Um Geld kann es denen nicht gehen, dann hätten wir schon eine Forderung", stellt Manfred fest.

Ich muss ihm recht geben. Geld wäre auch mein erster Gedanke beim Anblick dieses Hauses. Doch da es keine Lösegeldforderung gibt, kann es das ja nicht sein. Aber welche Gründe kann ein Mensch sonst haben, einen anderen zu entführen, ihm die Freiheit zu nehmen und andere ins Unglück zu treiben? Außer Habgier fällt mir nichts ein.

Manfred guckt betreten zu Boden. „Verstehe mich bitte nicht falsch Samira, aber weiß dein Mann von Emma?"

Kopfschütteln meinerseits.

„Ich verstehe."

„Selbst wenn, wäre er dazu gar nicht in der Lage. Er ist ein liebevoller Ehemann und Vater", erwidere ich und versuche, ihn zu verteidigen. Nicht dass Martin das nötig hätte, doch es erscheint mir in dieser verzwickten Situation angebracht.

„Auch nicht, wenn es um seine Familie geht?“
Manfred hat sich scheinbar in den Gedanken
verbissen.

Erneut schüttle ich stumm den Kopf.

„Ich finde, wir sollten morgen wiederkommen
und weitermachen. Ich brauche erstmal einen
klaren Kopf und ihr sicherlich auch.“ Kai ist
aufgestanden und guckt mich erwartungsvoll an.

Sofort nicke ich und stehe auf. Wie ein
dressierter Hund, denke ich und ärgere mich
über mein Verhalten. Er ist nicht einmal mein
Mann und ich gehorche, wenn er pfeift.

Der Heimweg verläuft ruhig. Kai fährt sofort
weiter, nachdem er mich abgesetzt hat. Meine
Mutter wartet schon ungeduldig. Mir schwirrt
der Kopf. Es gibt so viel zu erzählen und
andererseits gar nichts. Sie versucht, mich
auszuquetschen, doch ich bin überwiegend still,
muss erstmal verarbeiten, was ich gehört,
gesehen und erfahren habe.

Wo ist Emma und wer hat sie? Das ist nun die
wichtigste aller Fragen. Mein Leben, die Träume
und die Vergangenheit stehen jetzt im
Hintergrund. So schnell ändert sich die
Sichtweise auf Dinge. Heute noch wichtig,
morgen schon nicht mehr interessant.

Kapitel 7

Die Nacht verbringe ich überwiegend wach und nachdenklich. Jessica und ihr Mann gehen mir nicht mehr aus dem Kopf. Sie scheinen, Emma sehr zu lieben, und können ihr auch einiges bieten. Innerlich bereue ich es, sie damals weggeben zu haben. Vielleicht hätten Kai und ich es ja geschafft. Zusammen mit meiner Mutter eventuell. Und mit seiner Familie, dann ganz bestimmt, rede ich mir ein.

Doch wie sagen meine Kinder immer so schön? Hätte, hätte Fahrradkette! Außerdem gäbe es dann weder Sophie noch Jack und ich hätte Martin nicht. Das werde ich nie herausfinden.

Wie sieht es jetzt aus? Wenn wir sie finden, ob sie dann bei Jessica und Manfred bleiben würde oder würde sie vielleicht mit mir nach Hause kommen? Was wohl Martin und die Kinder dazu sagen würden, wenn ich sie mitbringe und sie bei uns wohnt? Bei dem Gedanken muss ich grinsen. So abwegig ist der Gedanke gar nicht. Oder doch?

Das Haus der Familie ist riesig, aber auch sehr kahl meinem Erachten nach. Bei uns steht so viel Schnickschnack herum, bei denen gar nicht. Ob die Kinderzimmer auch so kahl sind? Aber was sagt das über die beiden aus? Sagt es überhaupt was aus? Zum Haareraufen, worüber ich mir Gedanken mache.

Martin weiß immer noch nichts von Emma. In den vergangenen Tagen habe ich zwar häufig mit ihm und den Kindern telefoniert, doch Emma nicht einmal erwähnt. Das muss ich persönlich tun. Er fragt oder drängelt auch nicht, wofür ich mehr als dankbar bin. Das kann ich auch gerade nicht gebrauchen.

Meine Mutter holt mich aus meinen Gedanken „Frühstück ist fertig.“

Genau wie in Kindertagen riecht es nach frischen Brötchen und Rührei. Mir läuft das Wasser im Munde zusammen. Obwohl Martin mir ebenfalls häufig Frühstück macht und sogar ans Bett bringt, so ist es nicht so besonders wie von meiner Mutter. Vielleicht weil ich so lange nicht hier gewesen bin und wir uns lange nicht mehr gesehen haben.

Beschwingt durch meine Gedanken laufe ich die Treppen herunter und bleibe, genau wie früher, mit dem Zeh am Flurschrank hängen. Wild fluchend presse ich meinen Fuß an die Wade und humple in Richtung Küche, wo meine

Mutter schon im Türrahmen wartet. Die Hände in die Hüften gestemmt, die Augenbrauen nach oben gerichtet motzt sie mich an, ich solle besser aufpassen. Auch das ist genau wie früher. Und trotzdem ist mir das Gleiche am nächsten Tag wieder passiert. Den Zeh habe ich mir so garantiert schon ein paar Mal gebrochen.

Lachend über die Ironie fallen wir uns in die Arme. Es ist so unbeschwert zwischen uns. Die Sonne scheint und wir sind beschwingt. Gut gelaunt frühstücken wir und ich schreibe Martin eine WhatsApp-Nachricht voller Herzchen und Küssen.

Kurze Zeit später kommt Kai fröhlich, aber nachdenklich bei uns an. Wir wollen besprechen, wie wir weiter vorgehen und was wir tun können.

„Viel wissen wir ja nicht", stelle ich entnervt fest, als ich auf unseren Zettel schaue, der vor uns auf dem Küchentisch liegt.

Schon ist die gute Laune wieder weg. Na klasse.

„Was denkst du denn? Deshalb machen wir das hier ja, um unsere Gedanken zu ordnen und alles aufzuschreiben, was uns einfällt. Samira, so etwas nennt man Brainstorming!", nölt Kai.

„Entschuldigung, Mister Manager!" Die
Hände in die Hüften gestemmt, drehe ich mich
um.

„Du kleine Prinzessin auf der Erbse! Hör auf,
beleidigt zu sein, und komm von deinem hohen
Ross runter! Dein Mann muss aufhören, dir den
Hintern zu pudern!"

Das reicht. Ich atme die Luft scharf ein und
brülle ihn an. Was denkt der eigentlich, wer er
ist? Dieser Einfaltspinsel! Denkt wohl, er ist was
Besseres! Ich werfe ihm alles Mögliche an den
Kopf, unter auch meine Kaffeetasse.

„Aua! Spinnst du eigentlich? Was hat dich
denn geritten?"

Meine Mutter guckt mich entsetzt an. Und
auch ich bin über meinen Wutausbruch und den
Folgen mehr als erschrocken.

Tausendfach entschuldigend hole ich die
Kühlakkus aus der Gefriertruhe, wickle sie in ein
Handtuch und halte es Kai schuldbewusst an die
Stelle, an der ich ihn getroffen habe.

„Es tut mir leid. Ich weiß auch nicht, was in
mich gefahren ist", gebe ich kleinlaut von mir.

„Das Temperament hast du wohl immer noch
nicht verloren", bemerkt Kai und fast sich an
seinen schmerzenden Kopf.

„Ich glaube eine Kopfschmerztablette kannst du jetzt gut gebrauchen. Das wird bald wehtun." Meine Mutter lächelt Kai liebevoll an.

Mit gesenktem Kopf halte ich noch immer das Handtuch mit dem Kühlakku, während mir Tränen die Wangen herunterlaufen.

„Schon gut, wir sind alle angespannt. Aber wir, deine Mutter und ich, haben unser Temperament unter Kontrolle, Prinzessin." Kai grinst.

In mir brodelt es schon wieder und in Gedanken haue ich ihm das Handtuch inklusive Kühlakku um die Ohren! Vielleicht sollte ich mal zum Arzt und eine Anti-Aggressions-Therapie beantragen! Meine aufgestaute Wut ist ja nicht mehr normal. Aber er hat auch selbst Schuld. Kai provoziert mich ja dauernd.

„Hier, halt selber!" Und schon werfe ich ihm den Kühlakku auf den Schoß, drehe mich um und verlasse wutentbrannt die Küche. Bevor ich ihm noch mehr wehtue, verlasse ich lieber den Raum.

„Ich brauche frische Luft!", nöle ich beim Rausgehen und schlage die Tür hinter mir zu.

Nachdenklich schlendere ich durch die Straßen. Irgendwelche Anhaltspunkte muss es doch geben. Emma kann nicht vom Erdboden verschluckt worden sein! Ein Kind verschwindet doch nicht, ohne Spuren zu hinterlassen.

Oder doch?

Eine Stunde lang wandere ich kopflos durch die Gegend, bis ich wieder am Haus meiner Mutter ankomme. Die beiden sitzen immer noch in der Küche und reden. Das Handtuch liegt inzwischen auf dem Tisch und ein Pflaster ziert Kais Kopf.

Ein bisschen habe ich schon ein schlechtes Gewissen, aber nur ein bisschen, ganz minimal.

Plötzlich klingelt es an der Tür. Meine Mutter öffnet und es ertönen zwei Männerstimmen.

„Ist ihre Tochter da?“

Bei der Frage horche ich auf. Der Mann ist mir auch unbekannt. Kurz darauf erscheinen zwei Polizeibeamte in der Küche, vorweg meine Mutter. Was hat das denn zu bedeuten?

„Sind sie Samira?“ Der Polizist guckt mich fragend an. Einen Moment lang wäge ich meine Optionen ab, entscheide mich dann aber, ehrlich zu antworten. Mehr als ein fragendes Ja bekomme ich eh nicht raus.

„Dann müssen wir uns unterhalten. Möchten sie das hier oder auf dem Revier tun?“ Sehr nett scheint der Polizist nicht zu sein. Ob das eine Drohung war, wie im Film?

„Hier", antworte ich wortkarg.

Entnervt schauen die beiden Kai an, dessen Kopf immer noch ein Pflaster ziert.

„Der darf bleiben. Ich habe nichts zu verheimlichen." Demonstrativ recke ich mein Kinn ein wenig.

Mit einem Schulterzucken beginnen die Polizisten die Fragerunde. Der jüngere von beiden beginnt. „Wieso sind sie plötzlich hier aufgetaucht?"

„Weil ich meine Mutter besuchen wollte", antworte ich zögerlich und gut lügen konnte ich noch nie. Sie werden mich durchschauen. Und genauso ist es auch. Der Ältere guckt mich ungläubig und genervt an.

„Wollen wir aufs Revier? Wir wissen, dass sie wissen, dass die kleine Emma, ihre Tochter, entführt wurde. So, nun sind sie dran." Er seufzt.

„Wenn sie das alles wissen, warum finden sie sie dann nicht?!", frage ich leicht hysterisch.

„Das versuchen wir ja gerade. Deshalb sind wir hier." Lässig lehnt sich der Jüngere von beiden, er ist auch ein bisschen kleiner, an die Arbeitsplatte.

„Vielleicht haben sie die kleine Emma ja entführt und wollen nur von sich ablenken.

Eventuell bereuen sie ja, dass sie Emma weggeben haben, und haben sie nun zu sich zurückgeholt." Der Ältere kommt ein paar Schritte auf mich zu.

„Was? Wie bitte?!" Es reicht mir. Wütend springe ich auf und trete ebenfalls näher.

„Sie scheinen, sich auf jeden Fall nicht im Griff zu haben? Sind sie immer so aggressiv? Vielleicht haben sie ja auch bei der Kleinen die Geduld verloren?"

Wütend balle ich die Fäuste. Aus dem Augenwinkel sehe ich, wie Kai sich ans Pflaster fasst und leise von sich gibt: „Passen sie auf die tiefffliegenden Kaffeetassen auf."

Sei jetzt still, denke ich und bete, dass die beiden Polizisten es nicht hören und kombinieren. Doch die sind zum Glück zu sehr damit beschäftigt, mich in die Enge zu treiben. Der Jüngere wippt mit seinem Fuß hin und her, während der Ältere mit den Fingern auf der Arbeitsplatte der Küche herumtrommelt. Innerlich grinse ich und warte auf das ‚Lass das!' meiner Mutter. Das Grinsen vergeht mir allerdings recht schnell wieder, da sie unbeirrt mit dem Verhör fortfahren.

Schließlich wird es meiner Mutter zu bunt. „Ich glaube, das reicht jetzt meine Herren. Ist das hier ein Verhör mit einer Verdächtigen oder nur eine Zeugenbefragung? Samira, vielleicht sollten wir erstmal einen Anwalt anrufen, bevor du noch etwas sagst."

„Was?", empöre ich mich. „Anwalt? Wieso? Ich habe nichts getan!" Mir wird schlecht.

„Das sagen sie. Wo waren sie denn, bevor sie zu ihrer Mutter kamen?" Der Jüngere guckt mich eindringlich an.

„Zu Hause?", antworte ich und ziehe meine Schultern nach oben.

„War das etwa eine Frage?" Nun haben sie Blut geleckt, doch ich lasse mich nicht verunsichern. Oder doch?

„Nein, das war keine Frage. Es ist eine Feststellung!", bringe ich die Worte wütend hervor. Mein Puls ist auf hundertachtzig und ich möchte die Polizisten am liebsten aus dem Haus werfen. Zähneknirschend lasse ich es aber. Es ist schließlich das Heim meiner Mutter, nicht meines. Außerdem muss sie noch länger hier leben, im Gegensatz zu mir.

„Überlegen sie nochmal. Wollen sie uns nicht doch was sagen? Vielleicht, wo die kleine Emma geblieben ist oder was sie mit ihr gemacht haben? Vielleicht ist ihnen ja doch eine

Sicherung durchgebrannt." Der Kleinere wippt weiter mit dem Fuß. Hört der Musik nebenbei?

„Ich sage gar nichts mehr ohne meinen Anwalt!" Nun ist es raus. Ich habe den Satz gesagt, den die in Krimis immer verwenden und die Polizisten damit zum Verstummen bringen. Das haben die nun davon. Mir reicht's. Bockig setze ich mich zurück auf meinen Platz und verschränke die Arme. Doch irgendwie läuft es hier anders als im Fernsehen. Weder verstummen die Polizisten noch hauen die ab. Im Gegenteil. Der Ältere grinst frech und setzt sich neben mich. Hallo? So war das aber nicht geplant.

„Sie meinen wohl, sie sind ganz schlau, was? Ich habe schon ganz andere Nüsse geknackt!"

„Das reicht!" Kai steht mit einem Mal hinter mir, legt seine Hände auf meine Schultern und guckt den Polizisten wütend an.

„Ich glaube, sie gehen jetzt. Und zwar sofort!"

In dem Satz liegt so viel Bestimmtheit, dass ich zusammenzucke. Aber ich bin ihm auch sehr dankbar. Meine Augen füllen sich mit Tränen. Lange halte ich das nicht mehr aus, obwohl ich nichts getan habe und Emma selber finden möchte. Doch die glauben mir nicht. Das ist ernüchternd und macht mich wütend sowie traurig zugleich.

Nach Kais Eingreifen verschwinden die beiden tatsächlich und ich breche heulend zusammen. Liebevoll hält Kai mich in seinen Armen und tröstet mich. Meine Mutter klopft mir aufmunternd auf den Rücken und geht. Irgendwas murmelt sie noch, aber ich verstehe es nicht. Zu sehr bin ich mit schluchzen beschäftigt.

„Danke", bekomme ich gerade noch unter Tränen heraus.

Kai trocknet mir die Wangen ab und hält mit einem Finger mein Kinn fest. Die Luft zwischen uns knistert und mein Kopf ist wie leer gefegt. Langsam kommt er mir näher, bis kein Blatt mehr zwischen uns passt. Ganz vorsichtig berühren seine Lippen die meinen. Erst einmal, dann nochmal, immer ein wenig fordernder und leidenschaftlicher. Bis wir uns wild küssen. Seine Hände wandern über meinen ganzen Körper und streicheln mich. Unter seinen Berührungen stöhne ich leise auf. Kräftig packt er mich mit beiden Händen am Po, während meine Beine sich ganz automatisch um seine Hüften knoten. Seine Küsse wandern an meinen Hals entlang, über mein Gesicht zurück zu meinen Lippen.

Die ganze Wut entlädt sich in einer wilden Knutscherei. Unsere Körper wollen einander. Ich spüre deutlich, wie die Beule in seiner Hose wächst und herausgelassen werden möchte. Mein Kopf ist ausgeschaltet und auf Autopilot gestellt. Alles funktioniert ganz automatisch. Meine Lippen, die die seinen suchen und auch finden, meine Hände, die seine Hose öffnen und mein Verlangen, das gestillt werden will. Unter lautem Stöhnen möchte ich mich ihm hingeben, will ihn spüren und meiner Sehnsucht nach Liebe und Sex nachgeben.

„Meint ihr wirklich, das ist eine gute Idee? Das hat euch erst in diese missliche Lage gebracht." Mit hochgezogenen Augenbrauen steht meine Mutter in der Tür.

Kai dreht sich erschrocken um, vergisst allerdings, dass ich noch halb an ihm dranhänge. Meine Beine sind immer noch um seine Hüften geschlungen. Durch seine plötzliche Bewegung fegt es mein Hinterteil von der Arbeitsplatte der Küche. Die Schwerkraft lässt grüßen und zieht mich unsanft zu Boden. Gerade noch rechtzeitig bekomme ich meine Beine entknotet, sodass ich das Schlimmste verhindern kann. Kai schaut entsetzt zwischen uns hin und her. Das sieht so ulkig aus, dass meine Mutter in einem Lachflash die Küche verlässt. Kai hingegen ist geschockt und ich entsetzt über mein Verhalten.

Wie konnte ich das tun? Ich liebe Martin und meine Kinder. Kaum bin ich ein paar Tage von ihnen getrennt, verfalle ich meiner Jugendsünde, die mich erst in dieses Schlamassel gebracht hat. Wütend über mich selbst rapple ich mich auf und knöpfe mir meine Bluse wieder zu. Inzwischen leuchtet mein Gesicht wie eine überreife Tomate.

„Das dürfen wir nicht tun. Genau das hat uns in diese verzwickte Situation gebracht und außerdem bin ich inzwischen glücklich verheiratet", stammle ich.

Kai nickt nur kurz, was wohl eine Entschuldigung sein soll. Auch er sortiert seine Klamotten und richtet alles wieder, sodass man auch seinem Gesicht nur noch ansieht, dass wohl was vorgefallen ist.

„Ich hätte damals vielleicht auch dabei sein sollen und die Hand dazwischen halten müssen, dann hätten wir das Desaster jetzt nicht", witzelt meine Mutter, die plötzlich wieder im Türrahmen erscheint. Wie macht sie das? So leise kann sich kein Mensch bewegen. „Und jetzt kommen wir alle mal wieder runter und besprechen das Wesentliche."

Wenigstens meine Mutter hat einen klaren Kopf und einen Plan. Kai und ich schauen zu Boden. Die Stimmung ist angespannt. Na klasse. Sowas können wir in der Situation gerade nicht gebrauchen. Meiner Mutter platzt der Kragen.

„Himmel noch eins reißt euch zusammen!"

Sie hat recht. Wir müssen unsere Gedanken beisammenhaben, um Emma zu finden.

„Wieso taucht die Polizei hier auf, nachdem ihr bei Jessica und Manfred gewesen seid? Das kann ja schlecht ein Zufall sein." Sie spricht aus, was wir alle denken.

Die beiden haben die Polizei über mein Auftauchen informiert. Aber wieso? Denken sie wirklich immer noch, dass ich die Kleine entführt habe? Nicht wirklich? Oder? Aber weshalb? Wir haben uns gut verstanden und gemeinsam nach Emma suchen wollen. Gleich Morgen. So lautet der Plan.

„Nun ja", ergreift Kai das Wort. Er leuchtet immer noch rot, aber sein Atem geht inzwischen nicht mehr stoßweise. „Sie kennen dich nicht wirklich und dachten wohl, dass es richtig sei, die Polizei zu informieren."

„Ich weiß ja nicht. Sie hätten mir Bescheid geben können. Die beiden Polizisten waren nicht gerade freundlich zu mir!"

Kai verteidigt Jessica und Manfred. „Vielleicht wussten sie ja nicht, dass sie dich gleich so in die Mangel nehmen. Eventuell wollten sie die Polizei ja nur darüber informieren, dass sie aufhören können, nach dir zu suchen. Ich meine, wir wussten ja alle nicht, wo du dich rumtreibst."

Seufzend verdrehe ich die Augen. Es gibt doch Einwohnermeldeämter. Ich war ja schließlich nicht untergetaucht, nur verheiratet und umgezogen. Das kann ja nicht so schwer sein, jemanden zu finden. Sollte ich mir wirklich einen Anwalt nehmen? Oder ist das zu viel und wirkt schuldig? Solch eine verzwickte Situation habe ich nicht erwartet. Ich habe mir das viel einfacher vorgestellt. Wir suchen und finden Emma, sie freut sich riesig, mich kennen zu lernen, und kommt mit zu Martin, mir und den Kindern. Fertig. So einfach ist das.

Doch die Realität sieht, mal wieder, ganz anders aus. Ich werde verdächtigt, meine eigene Tochter entführt zu haben, und brauche einen Anwalt. Verflixt, kann nicht einmal was glatt laufen in meinem Leben? Einmal! Jetzt ist es aber erst einmal Zeit für einen Anruf bei Jessica und Manfred. Mit denen habe ich ein Wörtchen zu reden.

„Wieso habt ihr uns nicht vorgewarnt? Wisst ihr, wie wir uns vorkamen? Die Polizisten haben mich behandelt wie eine Schwerverbrecherin! Ich brauche einen Anwalt, verdammt. Sie verdächtigen mich, Emma zu haben! Sie ist aber nicht bei mir, ich suche sie selber. Was zum Teufel habt ihr denen erzählt?"

Meine Stimme hallt durch den ganzen Flur. Jessica stammelt mir irgendwas ins Ohr, sodass Manfred den Hörer übernimmt und mir zur Ruhe rät. Na das sagt sich so einfach. Ihn verdächtigen sie ja auch nicht. Trotzdem hat er recht. Ruhe bewahren ist nun die Devise. So bringt es keinem was. Wütend bin ich trotzdem, und zwar zu Recht, wie ich finde. Wir verabreden uns für den nächsten Tag, sodass wir alle noch eine Nacht über die Geschehnisse schlafen, nachdenken und beruhigen können. In meinem Fall ist das auch mehr als nötig.

So langsam werde ich allerdings ungeduldig und die Zeit rennt. Noch immer hat sich kein Entführer gemeldet. Das ist, so weiß ich aus den vielen Krimis, die ich gerne gucke, kein sonderlich gutes Zeichen. Innerlich bete ich darum, dass ihr nichts passiert, dass sie vielleicht doch weggelaufen ist. Aber Jessica, Manfred und

Kai bezweifeln das und beteuern immer wieder, dass Emma nicht so eine Jugendliche ist.

Kais Handy klingelt mal wieder, wie so oft in letzter Zeit. Doch er geht nicht ran. Genervt drückt er den Anruf weg.

„Deine Freundin?"

„Nein, eine Ex, mit der ich nichts mehr zu tun haben möchte." Er ist genervt und ich fast etwas eifersüchtig. Aber was erwarte ich? Dass er nach mir keine andere Frau mehr anfasst? Blödsinn! Ich schüttle den Kopf.

Kai fährt erstmal nach Hause und ich verbringe den restlichen Tag mit meiner Mutter. Genau wie in alten Zeiten backen wir Kekse, naschen dabei Teig und quatschen über Gott und die Welt. Einfach unbeschwert. So könnte es ewig bleiben.

Die Kekse sind lecker und ich nehme mir vor, morgen welche mit zu Manfred und Jessica zu nehmen. Als Friedensangebot. Auch wenn sie sich entschuldigen müssten, verstehe ich sie. Ich hätte wohl das Gleiche getan, ginge es um Jack oder Sophie.

Martin hat zu Hause alles im Griff, was mich nicht wundert. Die Kinder fragen zwar nach mir, doch so lange ihr Papa da ist, werde ich nicht wirklich vermisst. Martin ist wohl der Einzige, der mich schmerzlich vermisst, wie ich im Gespräch am Telefon mit ihm feststelle.

„Wann kommst du wieder? Ich vermisse dich.“

„Ich hoffe bald. Doch etwas dauert es noch. Gib den Kindern einen Kuss von mir und sage ihnen, ich vermisse sie sehr“, säusle ich unter Tränen.

Martin stutzt am anderen Ende der Leitung. „Alles okay bei dir? Was ist passiert?“

Ich beteuere, mal wieder, dass alles okay ist und ich mir nur klar darüber werden muss, was wirklich wichtig ist. Es stimmt ja auch. Fast zumindest. Den Hauptgrund will ich ihm später nennen, viel später. Erstmal muss ich hier alles auf die Reihe bekommen und Emma finden, dann kommt die Wahrheit dran. Ein Schritt nach dem anderen.

Auch diese Nacht verläuft wieder sehr unruhig. Ob ich jemals wieder normal durchschlafe? Fast jede Nacht träume ich wildes Zeug von Emma, Manfred, Jessica, Martin, Kai und den Kindern. Schweißgebadet wache ich auf, weil ich kreische oder verfolgt werde. Manchmal verfolge ich auch jemanden und wache trotzdem weinend auf. Dagegen waren die Träume von und mit Kai ja harmlos und schön.

Mein Spiegelbild sieht aus wie ein Gespenst Und meine Augenringe werden auch nicht kleiner. Ganz im Gegenteil. So langsam haben selbst sie eigene Augenringe!

Heute wollen wir uns mit Jessica und Manfred treffen und ich bin sehr gespannt, was sie zu ihrer Verteidigung zu sagen haben. Nach einem starken Kaffee, einer heißen Dusche und ein paar kleinen Bissen Toast holt Kai mich auch schon ab und wir fahren zu ihnen. Auch wenn ich hier schon mal gewesen bin, bestaune ich das große Anwesen. Ob man sich an diesen Anblick jemals gewöhnt? Kai scheint es nicht so zu gehen. Er verkehrt hier ja aber schon ein paar Jahre länger.

Kaum ausgestiegen, reißt Jessica schon die Haustür auf und springt mir in die Arme. Etwas verdattert schaue ich Manfred und Kai an.

„Entschuldigung, wir wollten dir keinen Ärger bereiten." Weinend krallt sie sich an mir fest.

Mit so einem Gefühlsausbruch bin ich total überfordert und schaue hilfesuchend zu Manfred. Mit einem leisen Lachen nimmt er Jessica von mir weg und geht mit ihr ins Haus. Ich hingegen stehe wie erstarrt da.

„Kommst du auch noch oder willst du Wurzeln schlagen?" Kai wirkt ungeduldig, grinst allerdings.

So langsam löse ich mich aus meiner Starre und gehe mit wackeligen Beinen hinein, durch den großen und kahlen Flur in das noch größere Wohnzimmer mit dem riesigen Sofa. Es stehen schon Tee, Kaffee und Kekse bereit. Liebevoll ist der Tisch mit Blumen und hübschen Platzdeckchen verziert. Alles perfekt aufeinander abgestimmt. Meine selbstgebackenen Kekse lege ich stolz dazu. Schon wieder klingelt Kais Handy. Dieses Mal geht er ran.

„Man, lass mich in Ruhe! Ich habe andere Sorgen als deine Anrufe und Eifersucht!" Entnervt legt Kai auf. „Tut mir leid, meine Ex nervt gerade mal wieder. Die kann nicht aufhören, mich zu stalken", erklärt er wütend.

Manfred lächelt und stichelt. „Kleiner Frauenheld, was? Hoffentlich hat Emma das Gen nicht abbekommen." Jessica funkelt ihn entsetzt an. „Tschuldigung."

Manfred ist schuldbewusst. Wieso, ist mir schleierhaft. Deshalb klingelt Kais Handy also so häufig. Eine nervige Ex.

Die Stimmung ist etwas angespannt und niemand sagt etwas. Alle schlürfen ihren Kaffee oder Tee und gucken betreten zu Boden. In der Zwischenzeit spielen die Zwillinge unter Aufsicht einer Nanny im Garten. Skeptisch betrachte ich sie, wie sie mit den Kindern spielt, sie durch die Gegend wirbelt und beim Schaukeln anschubst.

„Sie ist seit Jahren bei uns. Da sie keine eigenen Kinder hat, geht sie mit unserem um wie mit ihren eigenen", beantwortet mir Jessica meinen Blick, den sie richtig gedeutet hat.

„Hm."

„Sie ist bei uns, seit Emmas drittem Lebensjahr. Als dann noch die Zwillinge dazukamen, habe ich sie mehr denn je gebraucht. Die kleinen sind nachts viel wach gewesen und haben viel mehr Aufmerksamkeit gebraucht als Emma. Sie liebt die kleinen, aber hat ja auch Zuwendung gebraucht. Ich bin sehr froh, Christina zu haben. Sie wäscht, bügelt, macht sauber, kocht und passt auch noch auf die Kinder auf. Manchmal denke ich, sie hat vier Arme und Beine." Jessicas Augen leuchten.

„Hm". Mehr bekomme ich immer noch nicht raus.

Als Kais Handy erneut brummt, flucht er in sich hinein. „Man es nervt! Dieses blöde

Weibsstück. Wir waren gerade mal eine Woche ein Paar. Mehr oder weniger", motzt er rum.

Manfred lacht laut und herzhaft los. Das war der Startschuss für eine lockere Unterhaltung. Kai erzählt etwas von der Frau, die ihn seit dem Tag, an dem sie sich kennengelernt haben, stalkt. Hinzukommen kleine Anekdoten der anderen aus ihrem Liebesleben.

Insgeheim bin ich der Ex von Kai für den erneuten Anruf dankbar. Selbst wenn es ihn sichtlich nervt und mich leicht eifersüchtig macht, eben ist genau der richtige Zeitpunkt für einen dieser Anrufe gewesen. Ohne wäre der Knoten, der die Stimmung festgehalten hat, wohl niemals geplatzt. Jetzt ist es wieder locker und lässig und wir gehen unbeschwert miteinander um. Lachend genießen wir die Kekse, den Kaffee und Tee.

„Auch wenn ich die Laune nicht verderben möchte, müssen wir zum Wesentlichen zurückkehren", schmeiße ich in den Raum.

Sofort herrscht wieder diese erdrügende Stille. Klasse gemacht Samira.

„Ne Leute, so nicht. Das nette Geplänkel in allen Ehren, aber es hilft uns nicht, Emma zu finden. Denn eins steht fest, weder ihr noch wir haben sie bei uns. Also muss sie irgendwo anders sein und wir alle wollen sie zurück.“

Ich erschrecke mich selber über meine Courage. Kai und Manfred nicken und auch Jessica stimmt mir zu.

„Dann kommen wir mal zum Wesentlichen.“ Ich hole erstmal tief Luft. „Waren die Polizisten zu euch auch so frech?“ Beim Gedanken an die beiden wird mir sofort wieder mulmig.

„Am Anfang ja. Erst haben sie uns nicht für voll genommen und gemeint, Emma wäre bestimmt nur mit einem Jungen weggelaufen“, gesteht Manfred. Jessica laufen erneut Tränen über die Wangen. Ich dachte schon, ich bin nah am Wasser gebaut, aber sie toppt mich noch um Längen.

„Nach einer Weile haben sie dann aber festgestellt, dass das wohl doch Blödsinn ist. Sie hat keine Sachen eingepackt, nicht mal ihre Zahnbürste. Da haben sie angefangen, mich in die Mangel zu nehmen, und mich verdächtigt, der Kleinen was angetan zu haben. Damit haben sie wertvolle Zeit verschenkt.“ Manfred schüttelt den Kopf.

„Nicht gerade die schlauesten Zellen auf Erden“, stelle ich fest, was für ein Lachen Jessicas sorgt.

„Ich mag deinen Humor. Emma scheint, den geerbt zu haben. Der Spruch hätte von ihr sein können." Und schon weint Jessica erneut.

Kai grinst mich an, bevor sein Handy erneut vibriert. Maulend nimmt er es zur Kenntnis.

„Hat sie irgendwelche Feinde? Vielleicht beim Reiten oder in der Schule? Und was ist mit euch? Nehmt es mir nicht krumm, aber bei so einem Anwesen kommen in mir Fragen hoch", gebe ich zu.

Nun lächelt Jessica und erklärt: „Wir nehmen es dir nicht krumm. Wir sind nicht gerade arm, das stimmt durchaus. Genau deshalb wundert es uns auch, dass keine Lösegeldforderung kommt. Damit haben wir als erstes gerechnet, muss ich zugeben."

„Hm", ist alles, was ich drauf entgegnen kann.

Mir gehen die Ideen aus. In meinen Krimis haben die Leute immer Anhaltspunkte, die fehlen uns hier allerdings gänzlich. Stille herrscht und alle denken angestrengt nach. Man könnte eine Feder fallen hören, bis Kais Handy erneut vibriert und er die Beherrschung verliert.

„Verdammt nochmal. Was verstehst du nicht, wenn ich sage, dass es aus ist und auch noch deine Nummer sperre?"

Alle grinsen, außer Kai. Der brüllt wie ein Wahnsinniger das Telefon an. Wow. Das hätte ich ihm gar nicht zugetraut. Viele Schimpfwörter sprudeln aus ihm hervor, bis er wütend auflegt. Stille. Alle starren ihn an.

„Das ist nicht witzig", mault er, da Manfred herzlich anfängt zu lachen. Schuldbewusst schüttelt dieser den Kopf, muss aber immer noch lachen. „Das ist nicht lustig", wiederholt Kai. „Ich habe extra meine Nummer geändert und ihre zuvor blockiert. Doch immer findet sie eine Möglichkeit, mich zu stalken. Wenn die so weitermacht, gehe ich zur Polizei."

„Da bist du dir sicher? Überlege mal, ob das wirklich einen Sinn macht", gebe ich ihm zu bedenken und grinse.

Kurz überlegt Kai, was ich meinen könnte, doch dann merkt er, worauf ich aus bin. Lachend gibt er mir recht: „Stimmt, das wäre wohl eher sinnfrei."

Bis spät in den Abend diskutieren wir darüber, wer einen Grund hätte und wem wir es zutrauen würden, Emma zu entführen. Die meisten Namen sagen mir nichts. Kai hingegen scheint, viele von Emmas Freunden zu kennen, anders als ich. Können wir sie wirklich finden, wenn die Polizei das schon nicht schafft? Glauben wir das wirklich? Egal wie schlau oder dämlich die beiden waren, sie sind dafür ausgebildet. Wir dagegen nicht.

Viel weiter sind wir auf jeden Fall nicht gekommen, als Kai und ich nachts zu meiner Mutter fahren. Ein paar Namen stehen auf dem Zettel, aber keiner traut es denen wirklich zu. Auch Martin steht mit drauf, doch ich verneine vehement, dass er zu so etwas fähig ist.

Meine Sehnsucht wächst von Tag zu Tag. Hoffentlich ist Emma bald wieder da und ich kann das Ganze endlich auflösen. Er schreibt mir täglich, dass sie mich vermissen. Und auch ich vermisse die drei so sehr, dass es wehtut.

Kapitel 8

Leider kommen wir immer noch nicht weiter. Keiner weiß so recht, was zu tun ist und wo wir anfangen sollen. Wir drehen uns im Kreis. Meine Verzweiflung wächst. Kai und ich diskutieren noch, als wir um die Ecke zum Haus meiner Mutter kommen.

„Deine Mutter hat Besuch", stellt Kai fest.

Ein ganz unverfänglicher Satz eigentlich. Mich hingegen trifft der Schlag. Den Wagen kenne ich. Mein Herz schlägt mir bis zum Hals und mir wird warm und kalt zugleich.

Martin!

Als Kai aussteigt, bleibe ich einfach stumm sitzen. Verdutzt schaut er ins Auto. „Kommst du auch?" Ich bleibe allerdings stumm. „Hallo? Was hast du den jetzt? Himmel Samira, fängst du schon wieder an, zu schmollen?" Kai klingt leicht genervt.

„Mein Mann." Mehr bekomme ich nicht raus.

„Ja und? Möchtest du deshalb im Auto schlafen oder steigst du noch aus?"

Geduld hat er mit mir keine mehr. Mit mürrischem Blick steige ich aus und gehe langsam Richtung Tür. Kai ist schon drin, als

Martin mir in der Tür entgegenkommt. Er lächelt nicht, sondern schaut Kai hinterher.

„Sollte ich was wissen? Möchtest du mir was sagen?"

„Ja, solltest du. Ich meine, nein", stammle ich. „Lange Geschichte, aber nicht so, wie du gerade denkst", versuche ich, mich zu retten.

„Wie der Zufall so will, habe ich gerade ganz viel Zeit, also fang an!"

Martin ist ungeduldig, was ich durchaus verstehen kann. „Wo sind unsere Kinder? Hast du sie auch mit?" Ich vermisse sie unheimlich.

„Nein, sie sind zu Hause geblieben. Ich wusste nicht, was uns hier erwartet. Und wie es scheint, ist es auch besser so. Deine Mutter ist allerdings etwas traurig", erklärt mir Martin kalt.

Vorsichtig gehe ich auf ihn zu, ziehe ihn an mich ran und küsse ihn. Etwas verdutzt erwidert er meinen zarten Kuss. Schmetterlinge flattern in meinem Bauch, als Martin mich in seine starken Arme nimmt. Wir küssen uns leidenschaftlich. Nach einiger Zeit löst er sich von mir. „Holla, was war das denn? Hast du mich etwa vermisst?"

Lächelnd ziehe ich ihn vorsichtig hinter mir her ins Haus. Fest entschlossen, nun reinen Tisch zu machen. Das habe ich mir ja vorgenommen und wenn er schon mal da ist, werde ich die Gelegenheit beim Schopfe packen und ihm alles beichten. Inständig hoffe ich, er versteht es und verlässt mich nicht! In der Küche sitzen Kai und meine Mutter und grinsen breit.

„Mum, Kai, darf ich euch Martin vorstellen. Das ist mein Ehemann", stottere ich. Kai steht höflich auf, gibt ihm die Hand und stellt sich als alter Freund vor. Martin beäugt ihn von oben bis unten und nuschelt etwas.

„Wir haben uns schon bekannt gemacht", meint meine Mutter lachend.

Ach ja, Martin war ja schon hier, als Kai und ich angekommen sind. Wir setzen uns und reden über allerhand belangloses Zeug. Martin ist wie immer höflich und stellt keine dummen Fragen. Doch mir wird klar, es brennt ihm auf der Seele. Er möchte wissen, was hier gespielt wird und er weiß genau, dass mehr los ist, als nur eine nette Plauderei und ein Besuch bei meiner Mutter.

„Sagst du mir, was hier los ist, Samira?" Martin schaut mir liebevoll in die Augen. „Kai ist doch nicht nur ein alter Freund, richtig? Ich sehe, wie er dich anguckt. In seinem Blick ist etwas, was man für Liebe halten könnte."

Den Blick senkend suche ich nach Worten, die mir wie so oft fehlen. Martin seufzt.

„Ich weiß nicht, wo ich anfangen soll", druckse ich herum.

Ich muss ihm endlich die ganze Wahrheit sagen. Er ist so ein liebevoller Ehemann und hat es verdient, dass ich ehrlich zu ihm bin.

„Versprich mir, dass du mich nicht verlässt", bitte ich ihn.

Martin guckt mich entsetzt an. Auweia, das kann ja heiter werden. In meinem Magen verdichtet sich die Angst. Sie breitet sich wie ein Virus aus und wird zu einem ausgewachsenen Panikanfall.

„Bitte", flehe ich.

„Samira, ich weiß doch gar nicht, was du mir erzählst. Ich werde dich nicht verlassen, doch ohne die Wahrheit zu kennen, weiß ich nicht, wie ich dich unterstützen soll." Martins Worte sind genauso liebevoll wie sein Blick mir gegenüber.

„Kai ist der Vater meiner Tochter", platzt es aus mir heraus.

Martin wird blass und lässt meine Hand los. „Wie bitte? Du bist fremdgegangen? Wann?" Tränen sammeln sich in seinen Augen. Martins Stimme schwankt, als er weiterspricht.

„Warum hast du es mir nicht früher gesagt? Sie wird immer mein Kind bleiben! Ich muss aber erstmal nachdenken."

Fragend schaue ich ihn an und verstehe nicht, was er meint. „Wie, sie wird immer dein Kind bleiben? Du kennst sie doch gar nicht." Kaum ausgesprochen verstehe ich, was er denkt. „Nein, nein, das meine ich nicht. Ich habe dich nicht betrogen! Niemals! Es geht nicht um Jack oder Sophie! Ich rede von Emma."

Meine Stimme bricht und mir laufen die Tränen über die Wange. Martin atmet laut aus. Ihm scheint, ein Stein vom Herzen zu fallen. Er setzt sich wieder hin, nimmt meine Hand und wischt meine Tränen von den Wangen.

„Erzähl, wer ist Emma und was hat das alles hier zu bedeuten? Wie alt ist sie und wann war das mit Kai?" Martin hat so viele Fragen, was ich durchaus verstehe, aber nicht alle kann ich sofort beantworten.

„Warte, warte, ich komme mir ja vor wie bei einem Verhör", witzle ich, bevor ich Kraft für meine Erklärung sammle. „Kai und ich waren Teenager, als wir miteinander geschlafen haben. Leider waren wir etwas blauäugig, haben also nicht richtig verhütet. Kurze Zeit später habe ich festgestellt, dass ich schwanger bin.

Abtreibung kam nicht infrage, somit blieb mir nur noch eins, sie zur Adoption freizugeben." Mir stockt erneut der Atem bei dem Gedanken an damals, als ich diesen schweren, aber für mich einzig richtigen Entschluss gefasst habe.

„Und euch kam nicht in den Sinn, das Kind aufzuziehen?" Martin guckt erwartungsvoll.

„Kai wusste nichts von dem Kind. Es war alleine meine Entscheidung, ganz allein meine. Nicht einmal meine Mutter durfte mitreden."

„Wie immer ein kleiner Dickschädel."

Mutig erzähle ich weiter. „Kai hat nach Emma gesucht, als er von ihr erfahren hat, und sie auch gefunden. Sie lebt bei netten Eltern, mit denen er inzwischen befreundet ist." Erneut laufen mir Tränen übers Gesicht.

„Und jetzt? Was ist hier los? Es liegt doch noch was in der Luft. Warum hast du mir das nie erzählt? Ich habe doch gemerkt, dass irgendwas nicht stimmt. Ein Kind ist doch kein Weltuntergang. Ich liebe dich Samira und weiß, dass du schon ein Leben vor mir hattest! Du glaubst doch nicht wirklich, dass ich dich verlassen würde, nur weil du als Teenager einen Fehler begangen hast? Himmel, vertraue mir! Kennst du mich denn so schlecht?"

Martin nimmt mich fest in den Arm, was bei mir einen Wasserfall an Tränen auslöst. Ich brauche eine Weile, um mich zu beruhigen und weiterzureden. „Das ist nicht alles. Kannst du dich noch an meine Träume erinnern? Ich habe von Kai geträumt. Allerdings nicht normal, sondern er hat mich in meinen Träumen aufgesucht.“

„Aha.“ Martins Blick ist skeptisch.

„Es klingt eigenartig, das ist mir bewusst. Aber so ist es!“, füge ich mit Nachdruck hinzu. „Doch er hat das nicht ohne Grund getan. Jemand hat Emma entführt und die Polizei hat keine Ahnung, wer es gewesen ist oder wo sie steckt.“ Tränen laufen wie ein Rinnsal über mein Gesicht.

„Was sagst du da? Wer sollte so etwas tun?“ Martin ist geschockt. Auf die Träume geht er gar nicht mehr ein. Wir unterhalten uns noch eine ganze Weile. Bis spät in die Nacht hinein stehe ich ihm Rede und Antwort. So lange und gut haben wir uns schon lange nicht mehr unterhalten. Es gibt weder Beschimpfungen noch Vorwürfe. Er ist, wie sollte es anders sein, verständnisvoll. Wieso auch immer ich gedacht habe, er würde mich wegen eines Kindes verlassen, ist mir ein Rätsel.

Total verheult und kaputt schlafe ich in seinen
Armen ein. Die erste Nacht, die ich wirklich fest
schlafe, seitdem ich bei meiner Mutter bin. Als
ich aufwache, ist Martin nicht da. Erschrocken
stelle ich fest, dass ich alleine im Zimmer bin.
Angst durchfährt mich. Was, wenn er nun doch
Reißaus genommen hat? Wenn er mich doch
verlassen hat? Voller Furcht durchquere ich das
Zimmer, öffne die Tür und höre Martins
Stimme aus der Küche. Erleichtert gehe ich
Richtung Treppe und höre noch eine zweite.
Kai.

Abrupt bleibe ich stehen. Man tut so etwas
nicht, doch ich lausche. Zu groß ist meine
Neugier, was die beiden Männer sich zu erzählen
haben.

Martin ist freundlich zu Kai, doch es schwingt
etwas Bedrohliches in seiner Stimme mit, was
ich so nicht kenne. Es ist gar nicht, was er sagt,
eher wie er es ihm mitteilt. Ich weiß nicht so
recht, was ich davon halten soll. Es klingt fast
nach Besitzanspruch. Soll ich stolz oder eher
verletzt sein? Wenn ich allerdings drüber
nachdenke, hat Martin alles Recht der Welt, Kai
in die Schranken zu weisen. Nachdem, was er
die letzten Wochen alles hat durchmachen
müssen. Erst meine Träume, die ich nicht

erklären konnte. Dann reise ich Hals über Kopf ab zu meiner Mutter und nun erfährt er von einem Kind, was ich mit meiner Teenagerliebe habe. Und der sitzt auch noch in der Küche meiner Mutter. Angesichts dieser Tatsachen bin ich wohl lieber stolz und glücklich, dass Martin so höflich ist und Kai nicht auseinandernimmt.

Nach einer ausgiebigen Dusche und einem noch ausgedehnteren Frühstück, bei dem wir weiter beratschlagen, was wir tun können, fahren wir erneut zu Jessica und Manfred. Auch Martin ist dabei und möchte uns helfen. Seine Worte hallen mir auf dem Weg noch in meinem Kopf wider. ‚Dann habe ich dich schneller wieder bei mir. Auch die Kinder vermissen dich.‘

Martin und Kai verstehen sich inzwischen prächtig. Sie machen sogar des Öfteren Witze auf meine Kosten. Sehr witzig Jungs, sehr witzig! Jessica und Manfred haben noch immer keine Lösegeldforderung oder Ähnliches erhalten. Es wird immer mysteriöser. Die Polizei ist leider keine große Hilfe. Sie verdächtigen immer noch mich, Kai oder uns beide. Und wenn sie nun wüssten, dass Martin hier aufgetaucht ist, sicherlich auch ihn. Eventuell auch uns alle zusammen als Komplott. Genervt rolle ich mit den Augen.

„So kommen wir nicht weiter!“, brülle ich los. Stille breitet sich im Raum aus. Alle starren mich an.

„Da hast du sicherlich recht, aber wir haben keine Anhaltspunkte. Außerdem setzen wir Martin gerade über alles in Kenntnis. Vielleicht fällt ihm was auf, was uns entgangen ist“, verteidigt sich Kai.

Seufzend muss ich ihm recht geben. Wir wissen einfach gar nichts und das ist frustrierend. Als Kais Handy mal wieder durchgängig vibriert, fahren wir ihn an, endlich mal ranzugehen oder es auszuschalten.

„Es nervt! Geh endlich mal ran!“

Kai steht mit hochrotem Kopf auf, verlässt das Zimmer und brüllt ins Telefon: „Was zum Teufel willst du noch von mir! Bist du eigentlich völlig blöd! Verstehst du nicht, dass ich nichts von dir will? Du warst nur ein Zeitvertreib, verdammt! Lass mich endlich in Ruhe! Ruf mich nicht mehr an und schick mir keine Blumen mehr um Himmels willen!“ Plötzlich herrscht Stille. Alle schmunzeln etwas, da er nicht zu überhören war und wir somit unfreiwillig mitangehört haben, wie er versucht, seine Ex-Freundin abzuschütteln. So kenne ich Kai gar nicht. Aber wie gut kenne ich ihn schon? Außer dieser einen Nacht haben wir nicht sehr viel miteinander zu tun gehabt. Erst jetzt, wo wir Emma suchen, reden wir mehr miteinander als in der kompletten Schulzeit. Kreideweiß steht er plötzlich in der Tür.

„Kai, was ist los? Was ist passiert?" Jessica guckt besorgt, doch Kai bleibt stumm und setzt sich.

„Sie war's," stammelt er.

„Wer?", fragt Martin mit Nachdruck.

„Sonja war es." Kai verstummt.

Wir gucken uns alle nur an und verstehen nichts. Sonja ist Kais Ex, die ihn die ganzen Tage schon anruft. Er hat immer wieder versucht, sie wegzudrücken, das Handy stumm geschaltet oder es sogar ausgestellt. Immer, wenn er es wieder eingeschaltet hat, hat es angefangen, zu vibrieren, da sie in der Zwischenzeit zigmal versucht hat, ihn anzurufen. Sogar Blumen hat sie ihm des Öfteren geschickt. All das hat ihn richtig genervt. Nun sitzt er auf dem Sofa und sieht aus wie die Wand: kreideweiß. Sein Atem geht schnell.

„Kai, könntest du etwas genauer werden? Sonja ruft dich die ganze Zeit an, das wissen wir doch. Sie stalkt dich quasi. Aber das hat dich die ganze Zeit nicht aus der Fassung gebracht. Was ist also los?“, bohrt Manfred weiter.

Kai schüttelt den Kopf und springt auf, als wäre er aus einer Art Trance erwacht. Nun rennt er wie ein Tiger im Käfig hin und her und brummelt etwas in sich hinein. Zwischendurch schlägt er sich immer wieder gegen die Stirn.

„Ich hätte es wissen müssen!“, schreit er los und alle zucken zusammen.

Martin stellt sich Kai in den Weg. „Kannst du uns nun endlich mitteilen, was in deinem Kopf vorgeht? Wir können nicht hellsehen und so langsam nervt es mich gewaltig, nicht zu wissen, was hier vor sich geht!“

Kais Gesichtsfarbe wechselt von weiß zu rot und wieder zurück zu weiß. Ich fürchte, er platzt gleich oder fällt in Ohnmacht.

„Himmel noch eins, nun rede endlich!“ Auch mir platzt nun endgültig der Kragen.

Tief einatmend setzt Kai zur Erklärung an, doch es kommt erneut nichts Brauchbares aus ihm heraus.

„Kann ihn mal jemand hauen? So etwas hilft in Filmen immer“, nöle ich.

Wütend schaut Kai mich an. Okay, wortlos reagieren kann er noch.

„Sonja hat Emma entführt. Versteht ihr das denn nicht!“, fährt er uns schließlich an.

Im Raum herrscht Stille und mir reißt es den Boden unter den Füßen weg. Auch Jessica ist kreideweiß und hält sich an Manfred fest.

„Wie bitte? Ich verstehe nicht“, flüstert Jessica überfordert.

„Was hat deine Ex mit Emma zu tun?“, füge ich hinzu.

Kai rennt erneut wie ein Tiger auf und ab.

Jessica bricht in Tränen aus und Manfred hat alle Hände voll damit zu tun, sie zu beruhigen. Mein Kopf ist leer. Martin streichelt mir den Rücken. Niemand sagt ein Wort. Nur Kais Schritte sind zu hören.

Martin findet als Erster seine Worte wieder. „Wir müssen, was tun. Kai, kannst du Kontakt zu deiner Ex aufnehmen?“

„Was?“ Kai sieht immer noch aus, als hätte er ein Gespenst gesehen.

„Was ist daran nicht zu verstehen? Sie hat die Kleine, die wir wollen. Du bist derjenige, den sie will und du bist hier. Also ganz einfach. Wir tauschen!“ Martin war schon immer sehr direkt.

Mit weit aufgerissenen Augen packt Kai ihn am Kragen. „Bist du eigentlich bescheuert?! Willst du mich unbedingt loswerden? Keine

Angst, außer einem Kuss war nichts zwischen uns beiden." Abfällig schnaubt er in meine Richtung.

Na danke, Kai. Das hättest du dir auch verkneifen können! Meine Gedanken kreisen darum, wie ich Martin das erklären kann. Doch er ignoriert den erwähnten Kuss und fährt unbeeindruckt fort.

„Kai, du möchtest doch auch deine Kleine retten, oder? Dann gibt es keine andere Möglichkeit, als Sonja vorzuschlagen, du kommst zu ihr zurück und sie lässt Emma gehen. Ganz ehrlich. Sie ist verrückt genug, um ein unschuldiges Kind zu entführen. Wer weiß, wozu sie noch fähig ist, wenn sie ihren Willen nicht bekommt."

Jessica schluchzt und Manfred zieht sie näher an sich heran. Kai sagt nichts mehr dazu, lässt von Martins Kragen ab und er nickt nur tonlos. Aufmunternd klopft Martin ihm auf die Schultern.

„Dann mal los. Ich würde sagen, wir brauchen einen Plan. Du bist alt genug, um da selber wieder rauszukommen, sobald Emma frei ist."

Martin ist der Einzige, der gerade denken kann. Zum Glück, denn weder Jessica, Manfred, Kai noch ich können vernünftig denken oder gar

planen, was wir nun machen können und sollen.
Wir wissen nicht, was gerade richtig oder falsch
ist. Polizei alarmieren oder nicht? Wir können es
nicht einschätzen.

Martin ist die Ruhe selbst. Vielleicht weil keins
unserer Kinder betroffen ist. Egal warum, wir
brauchen jemanden, der uns leitet und die
Kontrolle über sich behält. Auch wenn ich
Emma nicht kenne, so ist sie doch meine
Tochter und ich weiß nicht, was ich tue, wenn
ich dieser Sonja begegne. Einerseits muss ich ihr
dankbar sein. Wer weiß, ob Kai mich sonst
kontaktiert hätte. Entsetzt über meine Gedanken
schüttle ich den Kopf. Sowas darf ich nicht
denken. Jessica und Manfred gehen gerade durch
die Hölle. Und auch Kai und ich durchleben
etwas, was ich meinem ärgsten Feind nicht
wünsche. Ganz abgesehen von Martin und
unseren Kindern, die gerade nicht wissen,
warum Mama und Papa nicht bei ihnen sind. Ich
schlucke. Ich war nicht die beste Mutter,
beschließe aber, mich zu ändern. Sobald Emma
befreit ist, werde ich allen meinen Kindern eine
bessere Mutter sein!

Dieser Gedanke lässt mich meinen Rücken
durchstrecken und lächeln. Martin bemerkt es
sofort und lächelt mich an. Seine Hand drückt

vorsichtig, aber bestimmend die meine. Ich fühle mich geborgen und ein Gefühl überkommt mich, als könnten wir alles schaffen. Nur den Kuss erklären, das muss nun nicht gerade sein. Hoffentlich hat er das nicht gehört oder für voll genommen.

„Also, wie machen wir weiter?", frage ich enthusiastisch.

Die halbe Nacht quetschen wir Kai über die Vorlieben von Sonja aus und wo er überall mit ihr war. Ob sie Lieblingsorte hat oder er sich vorstellen kann, wo sie Emma gefangen hält. Mehrfach brüllt er uns an, doch wir machen ihm keine Vorwürfe. Ich weiß nicht, wie es mir ginge, steckte ich in seiner Haut. Erneut bin ich froh, dass ich Martin habe. Einen liebevolleren Ehemann und Vater hätte ich nicht finden können.

Alles, was uns wichtig erscheint, wird notiert. Viel ist es nicht. Kai weiß nicht sehr viel über Sonja. So langsam kommen mir Zweifel, dass er uns helfen kann. Entsetzt starren wir alle auf den Zettel.

Eifersüchtig, keine Hobbys, Kratzbürstig

Mehr steht nach Stunden immer noch nicht drauf.

„Viel ist es ja nicht“, stelle ich fest.

Kai knurrt mich an, worauf ich nur mit den Schultern zucke. Müde und niedergeschlagen fahren Martin und ich zu meiner Mutter. Einige Tage sind schon ins Land gezogen, ohne dass wir den geringsten Hinweis darauf haben, wo Emma gefangen gehalten wird und ob es ihr gut geht. Das einzig Gute an der Geschichte ist, dass Martin und ich uns wieder näherkommen.

Täglich ruft Sonja Kai an und erzählt ihm, was sie alles mit Emma macht. Uns wird jedes Mal schlecht und wir hoffen inständig, sie übertreibt und sie will Kai und uns nur quälen. Er versucht immer und immer wieder, sie zu überzeugen, dass er zu ihr zurückkommt, sobald sie Emma freilässt. Doch so blöd, wie wir gehofft haben, ist sie leider nicht. Einmal hat es fast so ausgesehen, als würde sie drauf anspringen. Leider hat sie Kai nur hinters Licht geführt, lautstark gelacht und aufgelegt.

Täglich suchen wir die Orte ab, an denen Kai Sonja vermutet. Doch erfolglos. Er kennt sie nicht gut genug, um wirklich zu wissen, wo sie sich rumtreibt. Sie ist wie ein Geist. Auf der Arbeit ist sie nicht mehr erschienen. Ihre

Kollegen wissen auch nicht, wo sie ist. In der Wohnung, die Kai kennt, wohnt sie nicht mehr und der Vermieter hat keine Nachsendeadresse. Es ist zum Verzweifeln. Wie kann ein Mensch in der heutigen Zeit spurlos verschwinden?

Martin und ich stehen uns näher wie nie zuvor. Täglich telefonieren wir mit unseren Kindern, um sie zu beruhigen. Sie vermissen uns genauso wie wir sie. Auch mit meiner Mutter versteht Martin sich blendend. Ein Wochenende fahren wir mit ihr zu uns nach Hause. Sophie und Jack freuen sich sehr, uns wiederzusehen und ihre andere Oma kennenzulernen. Doch ich bin zu unruhig, um es zu genießen. Die Sorgen um Emma überwiegen. Martin und meine Mutter bemerken mein Unbehagen und wir fahren am Sonntag wieder zu ihr, um weiterzusuchen. Ich kann die Eintracht nicht genießen, in der wir zusammensitzen, während die arme Emma irgendwo gefangen gehalten und gequält wird.

Wir machen lange Spaziergänge, wenn wir nicht gerade mit den anderen nach Sonja und Emma suchen oder diskutieren, wo sie sein könnten. Die Polizei sucht nicht mehr wirklich. Wir haben ihnen gesteckt, es könnte Sonja sein, aber sie nehmen den Hinweis nicht ernst.

Offensichtlich haben sie wichtigere Fälle zu bearbeiten. Emma scheint, nur eine von vielen vermissten Jugendlichen zu sein. Wir müssen sie finden, das ist uns klar. Und zwar bald. Wer weiß, wozu Sonja noch fähig ist?

„Es tut so gut, dass du hier bist", flüstere ich Martin ins Ohr. Wir machen mal wieder einen ausgiebigen Spaziergang in unserem Lieblingswald.

Ich wusste gar nicht, wie schön es hier ist. Was hatte ich früher nur gegen diesen Wald? Wunderhübsch glänzen die Blätter in den tollsten Farben. Rot, gelb, braun leuchten sie an den Bäumen. Unter unseren Füßen knistern die vertrockneten Blätter, sodass es sich anhört, als singen sie ein Lied für uns.

„Romantisch", raunt Martin mir ins Ohr und küsst mich leidenschaftlich. „Wären wir nicht schon verheiratet, würde ich dich nochmal um deine Hand bitten", fügt er bei einer Atempause hinzu.

„Und ich würde dich hier und jetzt vernaschen, wäre es hier nicht so nass vom Regen vorhin", necke ich.

Ohne auf weitere Worte zu warten, zieht Martin mich hinter sich her. Lachend krabbeln wir über Steine, umgefallene Bäume und klettern durch Sträucher. Immer wieder hält er kurz an, küsst mich oder hebt mich hoch und wirbelt mich herum. Die Stimmung ist ausgelassen und es knistert wieder zwischen uns. Plötzlich stehen wir vor einer kleinen Hütte, die völlig verlassen scheint.

Neckisch knufft Martin mir in die Seite. „Was denkst du Schatz, bist du bereit für ein kleines Abenteuer? Oder bist du dafür zu alt, so als dreifache Mutter?"

So ganz wohl ist mir bei der Sache nicht, aber die Blöße will ich mir nicht geben. Außerdem kann etwas Abwechslung in der Ehe ja nicht schaden und bei meiner Mutter sind wir nie wirklich alleine.

„Los komm schon, du alter Kerl", foppe ich zurück, küsse ihn leidenschaftlich, bevor ich ihn hinter mir her ziehe Richtung Haus.

Nun stehen wir vor dem Eingang und überlegen, ob wir wirklich reingehen sollen. Vorsichtig drückt Martin die Türklinke herunter, doch sie ist zu. Mein Herz rast. Ein Zeichen? Neugierig gehen wir um das Haus und suchen einen Hintereingang.

„Das ist Hausfriedensbruch", stelle ich fest, als wir durch die Hintertür eindringen. Sie quietscht wie im Horrorfilm. Eine Gänsehaut überrollt mich.

„Willst du etwa doch kneifen du Hasenfuß", fängt Martin an, mich erneut zu ärgern.

Na warte, das wird er mir büßen. Ich vergesse mein Unwohlsein und alles um uns herum, ziehe ihn an mich und übersäe ihn mit Küssen. Laut seufzend lassen wir uns in der Stube, oder was das auch immer sein soll, fallen.

Martin und ich ziehen unsere Jacken aus, legen sie auf den Boden und machen es uns gemütlich. Wobei gemütlich eher das falsche Wort dafür ist. Wie junge Teenager fallen wir übereinander her und lieben uns. Es hat sich eine Menge Energie aufgestaut, die sich entladen muss. Zu lange waren wir nicht mehr wirklich alleine.

„Ich liebe dich", stöhnt er mir liebevoll ins Ohr. Mir hingegen fehlen die Worte. Wie Wachs schmelze ich unter seinen Bewegungen und schreie seinen Namen.

„Pst", küsst Martin mich lachend. „Wer weiß, wer sich hier noch so rumtreibt."

„Na ich zum Beispiel", ertönt plötzlich eine fremde weibliche Stimme. Mich trifft fast der Schlag und mir wird klar, dass wir beobachtet worden sind.

Peinlich.

Hochrot laufe ich an, während Martin sich runterrollt und nach unseren Klamotten greift.

„Wir sind schon weg. Entschuldigen sie“, fängt er an zu erklären, als die Frau ihn unsanft unterbricht.

„Nicht so schnell. Ihr bleibt hier.“ Schritte nähern sich.

Mir wird übel. Viele verschiedene Szenarien laufen in meinem Kopf ab und alle sind nicht toll für uns. Ich lese eindeutig zu viele Krimis.

Martin versucht zu beschwichtigen. „Es tut uns leid. Es war nicht richtig, hier einzudringen. Doch wir dachten, es ist nicht bewohnt. Man konnte von außen nicht erkennen, dass hier jemand lebt. Es tut uns wirklich leid.“

„Soso, das dachtet ihr also.“ Die Stimme klingt kalt wie Eis. Es gruselt mich und die Gänsehaut kommt nicht von der Kälte.

Martin hilft mir in die Jacke und stellt sich schützend vor mich. Es ist inzwischen fast dunkel und wir erkennen von der Frau nur die Umrisse.

„Komm wir gehen.“

Martin hält meine Hand fest umschlossen und will losgehen. Da tritt die Frau einen Schritt vor und wir erkennen zu unserem Schrecken, dass sie eine Waffe in der Hand hält. Mir bleibt die

Luft weg. Was zum Teufel wird hier gespielt? Wo sind wir gelandet?

„Los umdrehen. Die Jacken könnt ihr wieder ausziehen. Wir wollen ja nicht, dass ihr uns so schnell wieder verlasst.“ Sie lacht hämisch. „Nun, ihr könnt euch beglückwünschen, ihr habt mich nach langer Suche gefunden.“

Jetzt schwirrt mir der Kopf. Wir haben die Frau doch gar nicht gesucht. Wieso sollten wir auch? Oder doch? Martin versteht als erster von uns beiden.

„Du bist Sonja!“

Sie lacht erneut, laut und widerlich. „Bravo Einstein!“

Mir reißt es den Boden unter den Füßen weg. Das ist Sonja? Sie war so nah und wir finden sie nicht! Wie dämlich sind wir denn! Von weit weg höre ich Stimmen, bevor mein Kopf auf dem Boden aufknallt. Das schwarze Nichts empfängt mich. Keine Gedanken, keine Schmerzen, einfach nichts.

„Samira, wach auf“, höre ich dumpf jemanden auf mich einreden.

Langsam öffne ich die Augen und versuche, den Kopf zu heben. Autsch, der brummt aber ordentlich. Meine Gedanken kreisen genauso wie mein Kopf. Plötzlich erinnere ich mich, warum ich in Ohnmacht gefallen bin. Sonja! Wir haben sie gefunden oder eher sie uns.

Ich liege in einem dunklen Raum in den Armen von Martin. So weit, so gut. Langsam gewöhnen sich meine Augen an die Dunkelheit und ich schaue mich um. Es ist kalt und der Raum spärlich möbliert. Nur ein alter, dreckiger Sessel steht mitten im Raum.

„Setz dich erstmal auf." Martins Stimme zittert. Ob vor Kälte oder Anspannung kann ich nicht sagen.

„Was wird hier gespielt?" Auch ich zittere am ganzen Körper. Allerdings genauso vor Kälte wie vor Angst.

Martin hilft mir hoch und setzt mich auf den ranzigen Sessel. Unter normalen Umständen hätte ich mich dort sicherlich nicht draufgesetzt. Doch im Dunkeln sieht er einladender aus als der noch dreckigere Boden, der aus feuchtem Sand besteht. Trotzdem rümpfe ich die Nase. Es müffelt unangenehm im Raum. Zitternd kuscheln wir uns aneinander, um uns zu wärmen und uns Halt zu geben.

„Wie konnten wir genau auf das Haus treffen, wo Sonja ist?" Ich spreche aus, was wir beide denken? „Die ganze Zeit suchen wir nach ihr und sie ist so nah! Ist Emma hier? Wird sie auch in so einem ekelhaften Raum gefangen gehalten?" Tränen laufen über meine Wange.

„Ich weiß es nicht. Sonja hat nichts von ihr gesagt, als sie mir befahl, dich hier hereinzutragen. Ich habe sie zwar versucht, auszufragen, aber sie war nicht sehr gesprächig." Martins Zähne klappern beim Reden.

„Wo ist dein Pullover?" Ich bin entsetzt, als ich feststelle, dass er nur noch ein T-Shirt und eine Hose trägt. Wieso ist mir das noch nicht aufgefallen?

„Ich musste ihn ausziehen. Warum weiß ich nicht", erklärt Martin, während seine Zähne unaufhörlich klappern. Es ist eiskalt und sehr feucht hier. Lange halten wir es hier unter diesen Umständen nicht aus.

„Hoffentlich hat sie Emma nicht das Gleiche angetan", flüstere ich. Martin tut mir schon leid, wie er so zitternd vor mir sitzt. Wenn ich mir nun die kleine Emma vorstelle, die die lange Zeit schon alleine in so einem dunklen und kalten Raum sitzt, wird mir ganz schlecht. Ich ziehe Martin noch fester an mich heran und rubble meine Hände über seine nackten Arme. Wie kommen wir hier raus? Keiner weiß, wo wir sind.

Kapitel 9

Wir diskutieren, wie wir ausbrechen können. Leider sind unsere Ideen allesamt nicht brauchbar. Ich gebe einiges zum Besten, was ich in meinen Krimis immer lese. Aber in den Geschichten haben die Menschen immer irgendwelche Haarklammern und versteckte Waffen dabei oder ziehen Nägel und Schrauben aus den Möbeln. Wir haben jedoch weder das eine noch das andere zur Verfügung. Selbst wenn, wir wissen nicht wirklich, wie man mit solchen Dingen umgeht. Ohne einen Schlüssel bekommen wir also keine Tür auf.

Schritte nähern sich dem Raum und ich drücke Martin ganz fest an mich. Die Tür wird quietschend geöffnet. Ich kann nur die Umrisse von zwei Personen sehen. Das Licht blendet.

„Los rein da, du blöde Kuh! Alle in einem Raum ist weniger Arbeit für mich. Ihr nervt mich jetzt schon."

Sonja schubst jemanden in den Raum rein und knallt die Tür wieder zu. Ein Wimmern ist zu hören. Blinzelnd suche ich den Boden ab.

„Hallo?“ Vor meinen Augen tanzen viele kleine Funken, sodass ich immer noch wenig sehen kann.

„Ja“, erklingt eine leise zarte Stimme.

Martin rappelt sich auf und kriecht über den Boden. „Emma? Bist du Emma?“

Mir bleibt die Luft weg. Sollten wir sie wirklich gefunden haben? Unser erstes Zusammentreffen habe ich mir aber anders vorgestellt.

„Woher weißt du das?“ Emma schluchzt.

„Wir suchen dich schon sehr lange.“ Martin spricht so liebevoll wie immer. „Komm zu uns Kleine. Wir wärmen dich.“

Emma ist zögerlich, krabbelt aber auf allen vieren zu uns. „Wer seid ihr und wer ist die blöde Tante, die uns hier gefangen hält. Und vor allem, wieso?“, sprudelt es dann plötzlich aus ihr heraus.

Ich bleibe immer noch stumm. Martin ist es, der ihr zitternd erklärt, dass wir Freunde von ihren Eltern sind und sie die ganze Zeit gesucht haben. Emma fängt fürchterlich an zu weinen und umarmt uns.

„Danke, dass ihr nicht aufgegeben habt, mich zu suchen. Die blöde Frau hat mir erzählt, es sucht niemand nach mir und dass alle froh sind, mich los zu sein. Aber ich konnte mir das nicht vorstellen. Was will die von mir? Sie sagt böse Sachen über Kai und meine Familie."

Emma hat sehr viele Fragen, die ich hier nicht beantworten möchte. Eigentlich habe ich mir vorgestellt, wenn ich meiner ersten Tochter erklären muss, wieso ich sie weggegeben habe, wäre das unter anderen Umständen. Doch wie so oft im Leben kann man sowas nicht planen. Wobei, ich habe mir dafür nicht wirklich einen Plan überlegt, muss ich mir eingestehen.

Wir unterhalten uns mit ihr und stellen ihr auch viele Fragen, um abzuschätzen, wie wir hier rauskommen können. Leider weiß Emma nichts Nützliches. Zudem ist sie genauso spärlich bekleidet wie wir und ist schon total ausgekühlt, hustet und schnupft. Schnell ziehe ich mein Shirt und meine Hose aus und gebe sie ihr. Liebevoll streichelt Martin mir über den Kopf und gibt mir einen Kuss auf die Stirn.

„Das kann ich nicht annehmen." Emma ist bestürzt.

„Oh doch Kleines, das kannst du!", versichere ich ihr.

Es sind die ersten Worte, die ich an meine Tochter richte. Dabei ahnt sie nicht einmal, wer ich bin. Tränen laufen erneut über meine Wangen. Ich möchte sie so gerne ansehen, in den Arm nehmen und ihr erklären, wer wir sind. Doch das wäre nicht richtig. Das sollen Manfred und Jessica mit uns und Kai zusammen machen. Jetzt ist weder der richtige Zeitpunkt noch der richtige Ort dafür.

Zitternd zieht Emma sich die Sachen über und Martin setzt sie vorsichtig auf meinen Schoß und umarmt uns beide. Emma hält kurz die Luft an, merkt allerdings schnell, was die körperliche Nähe bewirkt: Wärme und Geborgenheit. Auch wenn sie uns nicht kennt, scheint sie uns zu vertrauen. Ob das so eine Art Intuition ist oder einfach nur der blanke Überlebenswille? Egal wieso, nach kurzer Zeit beruhigt sich ihr Atem.

„Sie schläft", stelle ich entzückt fest.

„Wer weiß, wie lange sie nicht mehr richtig geschlafen hat. Alleine in so einem Raum, mit der Frau in der Nähe, würde ich auch kein Auge zubekommen!" Martin trifft mal wieder den Nagel auf den Kopf.

Vorsichtig streichle ich ihr über ihr Haar. Es ist total zerzaust, verklebt und fettig.

„Was machen wir denn jetzt? Wir müssen sie hier rausholen." Verzweiflung macht sich in mir breit.

„Eins nach dem anderen." Martin streichelt mir die Wange. „Und hör auf zu weinen. Du ertränkst die Kleine ja noch mit deinen Tränen. Ihr ist schon kalt genug, auch ohne, dass du sie wässerst. Schlaf du auch etwas, wir können alle etwas Ruhe und Kraft gebrauchen.“

Recht hat Martin ja, doch sehr gemütlich ist dieser Sessel nicht. Zumal wir uns zu dritt drauf quetschen, um uns zu wärmen. Doch irgendwann siegt die Erschöpfung und ich schlafe ein.

„Nein, lass mich! Ich will hier nicht weg!“

Ich reiße die Augen vor Schreck auf. Was ist hier los? Wo bin ich? Nur langsam kehrt die Erinnerung zurück. Emma! Sie ist nicht mehr in meinen Armen. Mit einem Satz springe ich vom Sessel auf, schaue mich um und schreie: „Emma!“

Vor meinen Füßen erklingt ein Wimmern. Sonja kniet vor Emma, die am Boden liegt, und zieht an ihren Armen. „Nun komm schon mit und ziere dich nicht so. Los jetzt, du blöde Kuh, wehre dich nicht. Ich möchte spielen.“

Das ist zu viel. Wutentbrannt hole ich aus und schlage auf Sonja ein, wo auch immer ich sie erwische. Viel sehe ich nicht, nur ganz leicht erkenne ich ihre Umrisse und hoffe, ich treffe nicht Emma aus Versehen. Doch sie nutzt die Gelegenheit und krabbelt weg. Wie in wilde

Raserei verfallen haue ich weiter auf Sonja ein, die mich entsetzt anschreit und nach hinten springt. Gepusht durch einen Adrenalinschub laufe ich ihr hinterher.

„Lass deine dreckigen Finger von der Kleinen! Rühre sie nicht nochmal an! Lass uns hier raus, sonst Gnade dir Gott!"

Sonja wankt zurück und rettet sich hinter die Tür. Zu spät kapiere ich, dass das unsere Chance zur Flucht gewesen ist. Sie knallt uns die Tür vor der Nase zu.

„Scheiße!", schreie ich laut, bevor ich rückwärts zum Sessel gehe. „Emma? Martin? Geht es euch gut?"

Weinend spüre ich zwei kleine, zarte Hände. Nur Martin höre ich nicht. Angst macht sich erneut in mir breit und das Adrenalin ist verflogen.

„Martin, bitte sage was. Wo bist du?"
Nichts.
Emma fest im Arm haltend fange ich fürchterlich an zu weinen. Wo ist Martin? Was hat diese fürchterliche Frau mit ihm gemacht? Das stehe ich ohne ihn nicht durch. Er war doch gerade noch hier, oder etwa nicht? Emma kuschelt sich an mich. Meine Gedanken kreisen.

„Emma, hat Sonja Martin rausgeholt, bevor sie dich holen wollte?"

„Nein, er war noch da, als sie reinkam." Sie schluchzt noch immer.

Vorsichtig schiebe ich sie von meinem Schoß und krabble auf dem Boden herum, um Martin zu suchen. Doch er ist nirgends zu finden. Wo zum Teufel steckt er? Ist ihm etwa die Flucht gelungen? Hoffnung macht sich in mir breit, so dass ich mich wieder zu Emma auf den Sessel setze. Sie kuschelt sich sofort an mich. So lange habe ich mir vorgestellt, wie es sein wird, wenn wir uns treffen. So habe ich es mir allerdings nicht vorgestellt. Liebevoll streichle ich ihr den Kopf.

„Wir kommen hier raus. Sie suchen bestimmt schon nach uns. Manfred, Jessica und Kai geben nicht auf, bevor sie uns finden. Das verspreche ich dir."

„Meinst du?" Emmas Stimme ist nur noch ein Flüstern.

„Da bin ich mir ganz sicher. Martin holt sie bestimmt gerade. Erzähl mir was, Kleines. Was machst du gerne?"

„Ich reite und bin auch richtig gut. Nicht weit von uns ist eine Reitschule. Mutti und Dad wollen mir kein eigens kaufen, daher kann ich nur auf den Schulpferden üben", erzählt Emma leise, aber auch ein wenig enthusiastisch.

Das Hobby scheint sie wirklich sehr zu mögen. Von wem sie das wohl hat? Weder Kai noch ich haben mit den großen Vierbeinern was am Hut. Leider fällt mir nichts mehr ein, womit ich sie noch löchern kann. Wäre sie kleiner, dann wüsste ich, worüber man sich unterhalten kann. Das Spiel „Ich sehe was, was du nicht siehst" ist im Dunkeln auch keine Option. Schade, das spielen meine beiden zu Hause immer sehr gerne. Unruhe ist vor der Tür zu hören, dazu Schritte im Raum über uns. Hoffnung keimt in mir auf und auch Emma setzt sich auf.

„Ist das Martin?" Sie drückt meinen Arm.

„Ich hoffe sehr, dass er nicht alleine kommt, sondern eine ganze Horde Polizisten dabei hat. Und nach der Menge der Schritte zu urteilen, ist es mehr als nur eine Person", versuche ich, Emma aufzuheitern. Nur keine Horde, denke ich bei mir.

Aufrecht, ganz dicht aneinander gekuschelt sitzen wir auf unserem Sessel und lauschen gespannt nach oben. Emmas Zähne klappern. Die Schritte verändern sich. Sie werden leiser. Gehen die etwa wieder? Nicht deren ernst! Schnell schiebe ich Emma zur Seite, springe auf und bollere mit aller Kraft auf die Tür ein. Ich schreie, so laut ich kann. Mir ist egal, ob Sonja mich hört. Die Polizisten werden ihrer schon Herr werden.

Plötzlich rüttelt jemand an der Tür und ich bete, dass es die Polizei ist und nicht Sonja.

„Versteck dich hinter dem Sessel, Emma", befehle ich und gehe rückwärts, um zu warten, wer die Tür öffnet.

Die Atmosphäre ist angespannt, als die Tür sich endlich quietschend einen Spalt weit öffnet. Eine Gestalt mit Taschenlampe linst hinein und leuchtet den Raum ab. Mutig mache ich auf mich bemerkbar.

„Hallo? Wir sind hier." Sonja wird es wohl nicht sein, sie weiß ja, dass wir hier drin sind. Rede ich mir ein.

„Oh mein Gott! Wir haben euch gefunden."
Die Stimme hinter der Taschenlampe klinkt wie die von Manfred. Tausend Steine fallen mir vom Herzen. Wir sind gerettet, Martin hat es tatsächlich geschafft und die anderen geholt! Emma erkennt die Stimme ebenfalls. Sie kommt hinter dem Sessel hervor und läuft Manfred in die Arme. Weinend stehe ich hinter ihr und streichle der Kleinen den Rücken.

„Ich habe doch gesagt, dass sie uns finden."

„Jetzt aber raus hier. Samira, nimm Emmas Hand und folge mir.“ Manfred klingt angespannt.

Es macht mich etwas nervös. Ist er etwa alleine? Wo sind Martin und die Polizei? Viel Zeit zum Nachdenken habe ich nicht. Wir steigen eine kleine, steile Treppe hinauf, an die ich mich nicht erinnern kann, dass ich sie jemals runtergegangen bin. Manfreds Taschenlampe ist nicht sehr hell. Mehrfach stolpere ich und auch Emma muss des Öfteren festgehalten werden, da sie sehr schwach auf ihren Beinen ist.

„Wir haben es fast geschafft. Halte durch“, ermutige ich sie und auch mich selber.

Mein Herz schlägt mir bis zum Hals und mich überkommt eine Gänsehaut. Oben angekommen sackt Manfred plötzlich in sich zusammen. Verwirrt bleiben Emma und ich stehen, wir verstehen nicht, was das soll.

„Ihr spinnt wohl! Dachtet ihr wirklich, ich lasse euch so einfach gehen, nur weil dein Vater hier auftaucht?“, ertönt es schrill und zugleich böse von oben. Sonja! „Runter mit euch!“, befielt sie uns.

Unsere Hoffnung, gerettet zu sein, löst sich in Luft auf. Langsam und vorsichtig drehe ich mich um und gehe wieder nach unten. Emmas Hand halte ich ganz fest, sie zittert. Nebenbei höre ich sie wimmern und von Manfred ein leises Stöhnen.

„Etwas schneller ihr zwei! Sonst helfe ich nach! Rein mit euch!“, brüllt Sonja uns vom Ende der Treppe an. „Und du kannst dich den beiden Heulsusen gleich mal anschließen.“

Etwas Schweres poltert die Treppe runter und landet stöhnend kurz vor unseren Füßen. Emma zuckt erschrocken zusammen. Mir wird klar, dass muss Manfred sein. Sonja hat ihn einfach die Treppe runtergeschubst. Wie herzlos ist sie eigentlich? Schnell eile ich hin, um zu gucken, ob er noch lebt. Manfred stöhnt. Zumindest ist er nicht Tod, aber auch nicht wirklich fit.

„Halt durch, Manfred.“

Meine Hoffnung ist mit seiner Überwältigung geschrumpft. Wie kann er auf die Idee kommen, alleine hierherzukommen?

„Los jetzt, ab zurück hinter die Tür. Und nimm den Kerl mit!“

Wie ich Manfred in den Raum bekommen soll, ist mir schleierhaft. „Emma, fass bitte mal mit an.“ Meine Stimme zittert genau wie der Rest von mir.

So vorsichtig, wie wir können, tragen oder eher schleifen wir ihn in den Raum. Hinter uns fliegt die Tür ins Schloss. Emma schmeißt sich weinend auf den armen Manfred, der bewusstlos vor uns auf dem Boden liegt.

„Scheiße!", schreie ich. „Wieso zum Teufel kommst du auch alleine, du Pfeife!"

Vorwürfe bringen gerade keinem was, aber ich fühle mich erleichtert. Es ist stockdunkel, sodass ich nicht viel von Manfred erkenne. Ich versuche, mich zu erinnern, was ich im Erste Hilfe Kurs gelernt habe. Wie war das mit der stabilen Seitenlage? Hand unter den Kopf, zur Seite ziehen? Aber was, wenn er was am Genick hat vom Sturz? Mache ich dann nicht was kaputt? Es ist doch zum Haareraufen. Da macht man so einen blöden Kurs und wenn man davon was nach Jahren braucht, kann man nichts mehr. Memo an mich selbst: Wenn wir hier wieder rauskommen, den Erste Hilfe Kurs wiederholen!

„Ist er tot?" Emmas Stimme bebt.

„Nein, fühl mal Kleines, er atmet."

Ich taste nach ihrer Hand und halte sie vor Manfreds Nase. Ein leichter Luftzug ist zu spüren. Er muss dringend zu einem Arzt. Der Treppensturz ist ihm sicher nicht bekommen, geschweige denn der Schlag gegen seinen Kopf. Aber wie sollen wir hier rauskommen? Wir waren dem Happy End so nahe. Und nun sind wir wieder hier unten. Wie im Film, wo die Hauptdarsteller fast entkommen, man aber genau weiß, das kann noch nicht das Ende sein, weil ja erst der halbe Film rum ist. Nur hier kann ich nicht sagen, wie viel Story noch übrig ist und ob es wirklich ein Happy End gibt. Inständig bete ich darum.

„Emma, setz dich auf den Sessel und schlaf etwas. Ich passe so lange auf Manfred auf."

Die Kleine ist nicht von ihm wegzubekommen. Sie haben eine tolle Bindung. Mir wird wieder klar, dass sie zwar meine Tochter ist, sie aber denkt, dass Manfred und Jessica ihre Eltern sind und sie bei ihnen aufgewachsen ist. Wie würde es Jack und Sophie gehen, wenn Martin hier läge. Bestürzt kuschle ich mich an Emma und versuche, sie zu wärmen. Hier auf dem Boden ist es deutlich kälter und feuchter als auf dem Sessel. Mehr kann ich für beide gerade nicht tun.

Oben erklingen erneut Schritte von Sonja. So viel erkenne ich inzwischen. Sie nähert sich der Treppe, steigt diese hinab und öffnet die Tür. Ich stehe auf und stelle mich schützend vor Emma.

„Ach, wie süß. Hast wohl doch Muttergefühle, was! Das hätte dir mal früher einfallen sollen.

Bevor du die arme Kleine zu Fremden weggibst." Sonja spuckt mir die Worte von der Tür entgegen und ich bete, dass Emma es nicht versteht oder nicht hört. „Sowas tut man nicht. Wurde dir das nicht beigebracht?"

„Man entführt auch keine Kinder oder hält Menschen im Keller gefangen! Geschweige denn, dass man jemanden einfach die Treppe runterwirft! Hat man dir das nicht beigebracht?", antworte ich zähneknirschend auf ihre bösen Vorwürfe. Woher ich gerade die Courage dafür habe, weiß ich nicht.

Vorsichtig, Schritt für Schritt versuche ich, mich Sonja zu nähern. Die Tür hinter ihr ist offen. Ich muss es einfach versuchen.

„Bleib genau da, wo du bist!", faucht sie mich an und wackelt mit etwas, was sie in der rechten Hand hält.

Ich kann nicht erkennen, was es ist, befürchte aber, es wird kein Essen sein. Die Taschenlampe schwenkt zwischen mir und Emma hin und her und blendet fürchterlich. Nicht dass es eh schon schwer genug ist, etwas zu erkennen, da es stockdunkel hier unten ist. Doch von einer Taschenlampe geblendet zu werden, macht es nicht besser. Blitzende Punkte tanzen vor meinen Augen.

Eine dunkle Gestalt taucht auf der Treppe auf, doch ich erkenne nicht, wer es ist. Egal! Hauptsache wir werden gerettet. Vielleicht ist es ja dieses Mal jemand, der nicht alleine in die Höhle des Löwen kommt!

„Manfred braucht einen Arzt", versuche ich, Sonja abzulenken. „Lass uns bitte gehen, wir sagen auch keinem, dass du sie entführt und uns hier festgehalten hast."

Lautes und böses Lachen hallt durch den Raum. „Ja klar!"

Plötzlich knarrt die Treppe. Sonja dreht sich ruckartig um. Die dunkle Gestalt springt auf sie zu, die Taschenlampe fällt zu Boden und geht aus. Gerangel und Stöhnen ist zu hören und dann fällt ein Schuss. Mir wird schlecht. Ich schmeiße mich auf den Fußboden und vergrabe meine Hände in den Sandboden. Oh bitte nein. Mein Atem geht schnell und ich nehme Emma ganz fest in den Arm.

Jemand hebt die Taschenlampe auf und macht sie an. Ich zittere wie Espenlaub und bete, dass Sonja Tod ist und nicht derjenige, der die Treppe runterkam. Mein Beten wird nicht erhört. Sonjas böses Lachen beschallt erneut den Raum.

„Der nächste Mann, der glaubt er ist schlauer als ich."

Bitte lass es nicht Martin sein, der hinter ihr am Boden liegt! Mein Kopf schwirrt. Wütend schiebe ich Emma zur Seite und springe auf. „Du verrücktes Weibsstück! Bist du von allen guten Geistern verlassen?"

Sonja lacht nur herzhaft. Sie ist wirklich verrückt und mir wird klar, ich muss was tun. So eine Chance bekommen wir nicht wieder. Ich nutze den Augenblick und werfe Sonja den Sand, den ich noch immer in meinen Händen halte ins Gesicht. Oder zumindest dorthin, wo ich denke, dass ihr Gesicht sein muss. Sie schreit auf, die Taschenlampe wackelt. Unter lautem Krachen fallen Sonja und die Taschenlampe zu Boden. Ich verstehe nicht. Das kann kaum das Ergebnis meines Sandangriffs sein. So viel hatte ich auch wieder nicht in den Händen. Aber egal, ich darf nicht nochmal die Chance auf Flucht verschenken.

„Los Emma komm, wir verschwinden und holen Hilfe!"

Das lässt sie sich nicht zweimal sagen. Schon spüre ich ihre suchende Hand an meinem Körper. Fest umschließe ich Emmas Finger und gehe vorsichtig zur Tür. Hinter dem Eingang sehe ich eine Gestalt am Boden liegen. Das muss Sonja sein. Warum ist es nur so verdammt dunkel hier! Den Boden neben ihr suche ich nach der Taschenlampe ab. Die muss hier irgendwo liegen! Sie hatte sie noch, als sie zu Boden gegangen ist.

Ein Stück weiter ist ein Stöhnen zu hören. Das muss der vermeintliche Retter sein. Endlich ertaste ich etwas langes Metallisches. Emma klappert hinter mir mit den Zähnen. Die Luft ist zum Zerreißen gespannt. Nervös versuche ich, die Taschenlampe anzuschalten, finde aber den Knopf nicht auf Anhieb. Meine Hände zittern. Los jetzt Samira, wir müssen hier raus und Hilfe holen. Nach gefühlten Stunden leuchtet die Taschenlampe endlich. Sehr hell scheint sie nicht, aber es reicht, um das zu erkennen, was sich im Lichtkegel befindet.

Ich leuchte erstmal den Raum ab und verschaffe mir einen Überblick, wo wer liegt. Mir wird schlecht. Manfred sieht nicht gut aus. Neben mir atmet Sonja ganz gleichmäßig. Sie lebt also noch, schade. Ein Stück weiter trifft mich der Schlag. Martin liegt stöhnend und blutend im Sand. Er hält sich den Bauch.

„Ihr müsst hier raus. Samira, nimm Emma und hole Hilfe. Jessica hat sicherlich schon die

Polizei informiert." Martin zeigt die Treppe hoch.

Tränenüberströmt suche ich den Keller nach etwas ab, mit dem ich Sonja fesseln kann. Nicht dass sie aufwacht und verschwindet oder Schlimmeres passiert. Beide Männer sind hilflos und könnten sich nicht verteidigen. Der eine ist ohnmächtig und der andere angeschossen. Keine gute Ausgangssituation gegen eine Verrückte, die scheinbar so viele Leben hat wie eine Katze.

„Was macht ihr noch hier?" Martin knirscht laut mit den Zähnen.

Emma steht wie angewurzelt vor Sonja und starrt sie an. Plötzlich schreit sie los. Erschrocken drehe ich mich zu den beiden um und erstarre. Ich brauche ein paar Sekunden, um zu verstehen, was da passiert. Emma tritt auf Sonja ein und schreit sie dabei wütend an.

Ich gehe dazwischen und halte Emma auf. „Das bringt doch nichts. Mach dich nicht unglücklich! Wir fesseln sie jetzt und gehen."

Verstehen kann ich die Kleine ja. Ich würde es selbst gerne tun. Nur mein gesunder Menschenverstand hält mich davon ab, sie zu verletzen.

„Hat keiner von euch einen Gürtel an?", rufe ich durch den Keller.

Martin hustet und versucht zu sprechen. Leicht fällt es ihm nicht, aber er bringt ein paar Worte heraus. Mehr als ‚Manfred‘ verstehe ich leider nicht. Emma kapiert sofort, was ich machen möchte, geht zu ihrem Vater, entfernt den Gürtel und bringt ihn mir. Ich schleife die bewusstlose Sonja inzwischen zu einem Regal, das hier rumsteht, und fessle sie mit dem Gürtel. Na hoffentlich hält das, wenn sie wieder aufwacht.

„Los Emma, nun komm.“ Bestimmender, als ich mich wirklich fühle, dränge ich zum Aufbruch. Hoffentlich ist es richtig, die beiden Männer hierzulassen. Aber mit ihnen sind wir zu langsam. Gerne lasse ich die beiden nicht hier, aber anders geht es nicht.

Emma zögert, greift dann aber meine Hand und folgt mir die Treppe hoch. Wir blinzeln der Sonne entgegen, die durch die Fenster scheint. Das Haus wirkt jetzt deutlich gruseliger, wo ich weiß, wem es gehört. Zitternd verschwinden wir durch die Haustür und ich muss kurz überlegen, wo Martin und ich hergekommen sind. Wir sind keinem Weg gefolgt, sondern querbeet gegangen. Das macht die ganze Sache nicht einfacher.

„Da lang!“

Ich ziehe Emma hinter mir her. Wir stolpern durch den Wald in Richtung Straße, als wir Stimmen und Hundegebell hören. Kurz stockt mir der Atem, doch dann verstehe ich. Es muss die Polizei sein! Sie ist ganz in unserer Nähe.

„Hier her! Wir sind hier!", brülle ich los.

Emma ganz fest im Arm haltend warte ich, bis die ersten Polizisten bei uns eintreffen.

In Anbetracht, dass ich halb nackt vor den Polizisten stehe, ist mir etwas mulmig zumute. Ein jüngerer zieht sofort seine Jacke aus und reicht sie mir rüber. Dankend nehme ich sie an. In aller Kürze erkläre ich, was passiert ist, und gehe vor zum Haus. Mit einer Horde von schwer bewaffneten Polizisten fühle ich mich gleich sicherer. Trotzdem steckt mir die Angst in den Knochen, vor dem, was mich da unten erwarten könnte, sollte Sonja sich losgemacht und den Männern was angetan haben.

An der Tür werde ich zur Seite geschoben. Ein Polizist hält mich am Arm. Mein Protest bringt nichts. Ich darf nicht mit rein. Am ganzen Körper zitternd und mit klappernden Zähnen verharre ich draußen. Immer wieder schnappe ich Gesprächsfetzen aus dem Inneren des Hauses auf. Nun beeilt euch endlich. In mir brodelt die Ungeduld. Dann endlich die

Erlösung. Das Wort, auf das ich warte, ertönt durch das Funkgerät des Polizisten, der mich draußen festhält: Sicher.

Ein paar Beamte kommen raus und erlauben mir, zu meinen Mann zu gehen. Ich renne rein und stolpere die steile Treppe herunter. Martin sitzt bedeckt mit einer Jacke da, wo wir ihn zurückgelassen haben.

„Wir haben es geschafft. Halte durch", bitte ich und drücke ihn an mich.

Leises Stöhnen ist Martins Antwort. Unter Tränen frage ich eine Polizistin nach Manfred und Sonja, bekomme aber keine zufriedenstellende Antwort. Na danke auch.

Sirenen erklingen in der Ferne und kommen schnell näher. Derweil leuchten die Polizisten den Keller mit ihren Taschenlampen aus. Gruselig bleibt er trotzdem. Das Metallregal, an dem wir Sonja gefesselt haben, liegt auf dem Boden. Als wir von hier verschwunden sind, stand es aber noch.

Die Tür zum Keller steht weit auf. Ein Stück dahinter liegt Manfred zugedeckt mit einer Polizeijacke auf dem kalten, feuchten Sandboden. Ihr Sessel, der uns als wärmende Sitzgelegenheit gedient hat, sieht bei Licht noch verdreckter aus und ist teilweise sogar durchlöchert. Sobald werde ich den muffigen Geruch nicht aus der Nase bekommen.

Martin stöhnt. Liebevoll streichle ich seinen Kopf, der auf meinem Schoß ruht. Von oben drängen schwere Schritte eilig die Treppe herunter. Die Rettungssanitäter schieben mich zur Seite und übernehmen Martin. Einer stützt mich und zieht mich unter Protest die Treppe hoch.

„Jetzt gucken wir uns ihre Verletzungen auch gleich an. Sie sind ja völlig unterkühlt. Lassen sie meine Kollegen mal ihren Job machen.“

Auch wenn ich Martin nur ungern alleine lasse, so hat der Mann recht. Ich klappere laut mit den Zähnen und spüre kaum noch meine Zehen.

„Sie treffen ihren Mann und das Mädchen im Krankenhaus. Wir bringen sie alle zusammen unter, versprochen.“

Zitternd lege ich mich auf die Liege und fange fürchterlich an zu weinen. Alle Anspannung entlädt sich in einen Heulkrampf. Ich habe für Emma stark sein müssen, als wir im Keller festgesessen haben und auch während der Flucht. Doch nun darf ich die schwache Samira sein, die ich eigentlich bin. Der Krankenpfleger nimmt mich in den Arm und redet beruhigend auf mich ein.

Plötzlich spüre ich einen Stich am Arm und mir wird schwindelig. Ein schwarzes Nichts empfängt mich. Ich nehme es dankend an und spüre keine Schmerzen mehr weder in den Füßen, von der Kälte, noch in meinen Händen, mit denen ich mich im Sandboden festgekrallt habe. Auch meine Zähne klappern nicht mehr vor Kälte. Wie erleichternd so ein erzwungener Schlaf doch sein kann. Ich gleite hinab in einen friedlichen Schlaf ohne Traum und hoffe, wenn ich wieder aufwache, ist alles wieder gut.

Kapitel 10

Erschrocken schnelle ich mit dem Kopf hoch. Er brummt und mir wird schwindelig. Wo bin ich? In meinem Arm zwickt es. Schwarze Punkte blitzen vor meinen Augen. Ich blinzle, um sie loszuwerden. So kann ich nichts sehen! Schwaches Licht erhellt den Raum, in dem ich liege: ein Krankenhauszimmer, nicht der Keller.

Meine Gedanken kreisen. Die Geschehnisse fallen mir wieder ein. Mein Kopf arbeitet nur sehr langsam. Ich fühle mich wie benebelt. Was zum Teufel geben dir mir? Schmerzmittel auf jeden Fall nicht, dann wäre mein Kopf nicht so schwer. Den lasse ich lieber wieder zurück auf das weiche Kopfkissen fallen.

Irgendwie muss ich doch an die Klingel rankommen. Wieso hängt die so weit weg? Wollen die nicht, dass man die Schwestern ruft, oder haben sie nicht damit gerechnet, dass ich so schnell aufwache. Panik ergreift mich, doch ich versuche, mich zu beruhigen. Nun werde mal nicht paranoid, Samira.

Ein leises gleichmäßiges Schnorcheln ist neben mir zu hören. Hoffnung keimt in mir auf. Dieses Geräusch erkenne ich, Martin! Viel zu schnell setze ich mich auf und mir wird erneut schwindelig. Das Gefühl der Übelkeit ignorierend schaue ich neben mich. Er ist an piepsenden Geräten angeschlossen und liegt ruhig schlafend im Bett. Mit wackeligen Beinen schnappe ich mir meinen Tropf und wackle zu seinem Bett. Man gut, dass ich nur ein paar Schritte machen muss. Sehr sicher bin ich nämlich nicht auf den Beinen. Was für ein Teufelszeug geben die mir?

Neben Martin am Bett lasse ich mich auf einen Stuhl fallen und lege den Kopf an seiner Seite ab. Der Raum dreht sich. Jetzt bloß nicht wieder ohnmächtig werden! Liebevoll streichle ich seinen Kopf und bete, dass er nicht schwer verletzt ist und ich nicht vom Stuhl falle. Erneut gleite ich hinab in ein schwarzes Loch, was ich dieses Mal nicht als Erleichterung, sondern eher als störend empfinde. Egal wie ich dagegen ankämpfe, es ist umsonst.

„Das machen sie aber nicht noch einmal." Die Krankenschwester guckt mich böse an. Blinzelnd schaue ich zu ihr auf und verstehe nicht. „Sonst müssen wir sie trennen", setzt sie etwas liebevoller hinzu. Für mich hört sich das aber eher nach einer Drohung an.

Nuschelnd versuche ich, sie nach den anderen auszuquetschen, doch es kommen kaum brauchbare Worte aus mir heraus. Sie scheint, mich trotzdem zu verstehen. Mit einem Lächeln macht sie mir klar, dass es allen den Umständen entsprechend gut geht. Was immer das auch heißen soll, es klingt nicht schlecht. Mit einem tiefen Seufzer lasse ich zu, dass ich wieder hinabgleite in das schwarze Nichts. Ich glaube, sie hat recht. Ich brauche eine Menge Schlaf.

Als ich das nächste Mal die Augen öffne, sitzt Jessica an meinem Bett und hält meine Hand. „Was? Ist Emma etwas passiert?" Erschrocken schnelle ich hoch. Immer noch keine gute Idee, mein Kopf brummt weiterhin.

Jessica erklärt mir beruhigend, dass Emma im Nachbarzimmer mit Manfred liegt. Nach allem, was uns passiert ist, sollen wir so nah beieinander sein wie möglich. Kai ist gerade bei ihnen. Er ist, wie immer, sehr besorgt um Emma und weicht ihr kaum von der Seite. Seine Schuldgefühle sind immens groß. Jessica laufen Tränen über die Wange, als sie meine Hand nimmt und sie liebevoll drückt.

„Danke für ihre Rettung! Emma hat uns erzählt, was ihr für sie getan habt! Ich stehe für immer tief in deiner Schuld."

Mit gemischten Gefühlen nehme ich das Danke an. Einerseits ist es lieb von Jessica gemeint, doch andererseits ist Emma auch meine Tochter. Hätte ich sie im Keller verrotten lassen sollen? Ich weiß nicht genau, wie ich reagieren soll und bleibe erstmal bei einem unverfänglichen: „War doch selbstverständlich.“ Ganz klar im Kopf bin ich immer noch nicht, da muss ich keinen Streit vom Zaun brechen. „Darf ich zur ihr?“ Meine Stimme zittert und ich muss schluchzen.

„Ja, aber wir haben ihr erstmal noch nicht gesagt, wer du bist. Nur, dass ihr Freunde von Kai seid und uns bei der Suche geholfen habt.“ Eindringlich schaut sie mich mit ernstem Blick an.

Meine Gedanken kreisen. Ich will Emma nicht wieder verlieren, verstehe aber auch Jessicas Bedenken. Die Kleine hat viel durchgemacht und nun zu erfahren, dass Kai und ich ihre leiblichen Eltern sind, ist bestimmt nicht einfach. Andererseits hat sie ein Recht darauf, es zu erfahren. Nickend stimme ich allem zu, was Jessica fordert. Es ist mir gerade nur wichtig, Emma zu sehen. Besser als Freund als gar nicht. Sie versucht, sie nur zu beschützen, das ist mir klar. Die Dankbarkeit mir gegenüber ist scheinbar nicht grenzenlos. Besser ich wechsle das Thema. Die Stimmung wird etwas zu bedrückend, das kann ich gerade nicht gebrauchen.

„Wie geht es Manfred?"

Mit Tränen in den Augen erklärt sie mir, was Manfred alles hat. Es sind einige Rippen, das linke Bein und ein Arm gebrochen. Eine Gehirnerschütterung und einige Prellungen hat er ebenfalls. Viele blaue Flecken zieren seinen Körper. Dass es nach dem Sturz nicht mehr Verletzungen sind, ist ein Wunder. Eine Gänsehaut überkommt mich, wenn ich daran denke, wie er die steile Treppe heruntergefallen ist. Es hat einige Male geknackt, daran erinnere ich mich. Ich erschaudere.

Martin liegt immer noch schlafend neben mir. Jessica deutet meinen Blick zu ihm richtig und erklärt mir detailliert seine Verletzungen. Ihn hat es schlimmer erwischt, denn er bekam eine Kugel von Sonja ab. Der Raum dreht sich und meine Atmung geht schnell. Viel zu schnell stelle ich fest. Mit weit aufgerissen Augen gucke ich zwischen Martin und Jessica hin und her. Panik macht sich in mir breit.

Plötzlich fliegt die Tür auf. Eine Krankenschwester kommt herein und motzt

Jessica wütend an. Was sie ihr an den Kopf wirft, verstehe ich nicht. Ich bin vollends damit beschäftigt, wieder Luft zu bekommen. Es fühlt sich an, als wenn jemand auf meiner Lunge sitzt. Die Schwester nimmt eine Tüte und hält sie mir vor Mund und Nase. Will sie mich ersticken? Ich bekomme doch eh gerade keine Luft!

„Los hier rein atmen!" Ihr Ton lässt keine Diskussion zu, also tue ich, was sie sagt.

Als meine Atmung sich verbessert, nimmt sie die Tüte weg und ermahnt Jessica, sie solle mich nicht aufregen, sonst darf sie nicht mehr zu mir. Schuldbewusst schaut Jessica die Krankenschwester an.

Als sie endlich das Zimmer verlässt, erzählt Jessica weiter. Allerdings nicht mehr in jedem Detail, was wohl auch besser ist. Mein Kreislauf ist dafür nicht gemacht.

„Er wird wieder gesund", sagt sie zum Schluss. Das ist alles, was ich eigentlich hören wollte.

Mir fallen immer wieder die Augen zu, als Kai ins Zimmer kommt. Lächelnd steht Jessica auf und er setzt sich an ihre Stelle. Seine Augenbrauen nach oben gezogen schaut er mich an. Kein Wort kommt aus ihm heraus. Sehe ich so schlimm aus? Dann muss ich eben anfangen. Vorsichtig greife ich nach seiner Hand.

„Was ist mit Emma? Geht es ihr gut? Hat sie viele Verletzungen? Jessica meint zwar, ihr geht es gut, hat aber nicht erzählt, was sie alles hat. Ich glaube sie wollte mich nicht noch mehr aufregen.“

„Sie hat Schlimmes durchgemacht, Samira. Das können wir uns alles gar nicht ausmalen. Sonja ist ein Monster.“ Kais Stimme bricht und wir fangen an zu weinen.

Die arme Kleine. Vorsichtig setze ich mich auf, sehr darauf bedacht, dass ich mich nicht wieder übergeben muss oder aus den Latschen kippe. Einatmen, ausatmen, einatmen, ausatmen, befehle ich mir. Nicht wieder in Panik verfallen und hyperventilieren. Sonst darf ich bald gar keinen Besuch mehr bekommen und erfahre auch nichts mehr.

„Jetzt ist sie frei und Sonja kann ihr nichts mehr anhaben. Emma ist wieder sicher.“ Mein Versuch, ihn zu beruhigen, klappt allerdings nicht so gut, wie ich hoffe. Seinen Kopf auf meinem Bett abgelehnt weint und schluchzt Kai.

„Ich bin schuld Samira. Ich ganz allein! Ohne mich wäre das alles nicht passiert.“

Nur zu gut kann ich seine Selbstvorwürfe verstehen. Mir würde es genauso gehen. Es war schließlich seine Ex-Freundin, die der Kleinen das angetan hat. Doch das muss ich ihm ja nicht sagen und somit Salz in die Wunde streuen. Also streichle ich lieber seinen Kopf, lasse ihn weinen und rede beruhigend auf ihn ein. Irgendwann werden seine Tränen schon versiegen.

„Tschuldigung", stammelt Kai und guckt mich aus völlig verheulten Augen an. „Ich weine mir hier die Augen aus dem Kopf und du bist diejenige, die da gefangen gehalten wurde. Emma hat uns erzählt, dass du sie gerettet und beschützt hast. Du bist eine Heldin."

Ich eine Heldin? Wie ist es denn dazu gekommen? Laut lache ich los, was mir ziemliche Schmerzen im ganzen Körper verursacht.

„Ich bin keine Heldin. Das war selbstverständlich und hätte jeder getan. Außerdem waren da noch Martin und Manfred, die ebenfalls dazu beigetragen haben, dass wir fliehen konnten. Ohne die beiden hätten wir es nie geschafft! Ich möchte zu Emma." Meine Sehnsucht ist so groß, dass es schon weh tut. Ich muss sie sehen. „Bringst du mich rüber? Bitte?" Flehend gucke ich Kai an.

Begeistert ist er nicht, lässt sich aber überreden. Seit wann ich so taff bin, weiß ich nicht, aber ich schaffe es, mich trotz der

Schmerzen aufzurichten. Kai holt einen Rollstuhl aus der Ecke und hilft mir vorsichtig hinein.

„Einmal Shuttle Service ins Nachbarzimmer, kommt sofort!" Kai schiebt los, während ich dasitze und mein Magen kribbelt. Gleich darf ich meine Tochter wiedersehen. Auch wenn sie es nicht weiß, so bin ich doch ihre Mutter. Ich werde sie nicht wieder verlassen.

Das Bild, das sich mir bietet, als Kai die Tür öffnet, gibt mir einen Stich ins Herz. Jessica liegt mit Emma im Arm im Bett und streichelt ihr liebevoll den Kopf. Manfreds Bett ist dicht dran gestellt und sein Arm ragt zu den beiden rüber und wird von Emma gestreichelt. Ein Bild voller inniger Liebe von einer wundervollen Familie. Und doch tut es mir weh. Aber was habe ich erwartet? Sie denkt, es sind ihre Eltern. Und irgendwie sind sie es ja auch. Ich habe sie zwar geboren, danach allerdings nicht mehr gesehen.

Die beiden sind jeden Tag für sie da. Haben an ihrem Bett gesessen, wenn sie krank war, mit ihr gestritten, wenn sie nicht aufräumen wollte und mit ihr gelitten, wenn sie sich verletzt hat. Das macht eine Familie aus, nicht nur das Blut, was in den Adern fließt. Und jetzt komme ich und erhebe Ansprüche? Was würde ich tun, wenn es umgekehrt wäre? Kämpfen wie eine Löwin, das ist mir klar. Und genau das wird Jessica auch tun. Wir müssen eine Lösung finden, die für uns alle und vor allem für Emma passt. Sie ist hier die Leidtragende.

„Samira!“ Emmas Augen strahlen, als Kai mich ins Zimmer schiebt.

Jessica knirscht etwas mit den Zähnen und guckt nicht ganz so begeistert.

„Ich wollte mich kurz selber davon überzeugen, dass es euch beiden gut geht“, lüge ich. Das kann ich zwar nicht sehr gut, hoffe aber, dass Emma noch zu jung und unerfahren ist, um es zu bemerken.

Emma lächelt mich an und nimmt meine Hand. Es kribbelt in meinem Bauch und auch die Hand, die sie ganz doll festhält. „Danke, dass ihr mich da rausgeholt habt.“

Was ich darauf antworten soll, kann ich nicht sagen. Kein Problem, du bist ja schließlich auch meine Tochter, wäre gerade nicht angebracht. Also bringe ich nur ein „Selbstverständlich“ raus. Danach bricht meine Stimme. Jessica atmet hörbar aus. Hat sie etwa erwartet, dass ich mit der Tür ins Haus falle, nachdem was Emma alles durchgemacht hat? Ganz bestimmt nicht.

Eine Weile unterhalten wir fünf uns noch über belangloses Zeug. Es tut uns allen gut und die anfängliche Anspannung lässt nach. Emmas Augen glänzen, als sie mir von ihrem Hobby und ihrem Lieblingspferd erzählt. Ich könnte ihr stundenlang zuhören, doch die Krankenschwester unterbricht uns unsanft. Sie findet es nicht so toll, dass Kai mich hierhergeschoben hat. Wir bekommen alle eine ordentliche Standpauke. Ist das eigentlich ein Teil ihrer Ausbildung?

Aber ich muss ihr recht geben, es ist noch zu früh für Ausflüge. Total erschöpft liege ich wieder in meinem Bett, mir tut alles weh. Mein Kopf dreht sich und meine Arme gehorchen mir auch nur spärlich, als ich versuche, etwas zu trinken. Mein Körper braucht noch dringend eine Mütze voll Schlaf.

Jeden Tag werde ich stärker und auch Martin geht es langsam besser. Seine Schussverletzung heilt gut. Die psychischen Wunden werden bei uns allen am längsten brauchen, um zu heilen oder auch nur zu verblassen. Gerade Emma hat nachts viele Albträume. Selbst in meinem Zimmer kann ich sie des Öfteren aufschreien und weinen hören. Zum Glück liegt Manfred bei ihr im Zimmer, um sie zu beruhigen. Mir versetzt es jedes Mal wieder einen Stich ins Herz, sodass ich am liebsten zu ihr rennen würde, um sie zu trösten.

Nach einer Woche dürfen wir endlich das Krankenhaus verlassen. Das wird auch wirklich Zeit. Unsere Kinder vermissen uns sehr und wir müssen endlich klären, wie es nun weitergeht. Jessica möchte nicht, dass wir Emma sagen, wer wir wirklich sind. Aber hat sie nicht die Wahrheit verdient? Gerade nachdem, was sie alles durchgemacht hat! Vielleicht hilft es ihr, alles besser zu verstehen. ‚Oder es bringt sie noch mehr durcheinander‘, hat Jessica mir an den Kopf geworfen, als ich es ihr den einen Tag vorgeschlagen habe.

Erstmal lassen wir es so, wie es ist. Martin und ich fahren wieder nach Hause, damit wir uns um unsere Kinder und auch unsere Ehe kümmern können. Emma hat uns allerdings das Versprechen abgenommen, sie bald mit der ganzen Familie zu besuchen. Sie möchte Sophie und Jack unbedingt kennenlernen und ihnen erzählen, was für tolle Eltern sie haben. Der Satz ist bei mir runtergegangen wie Öl. Nur Jessica hat es nicht toll gefunden und ordentlich mit den Zähnen geknirscht.

Ich glaube, sie hat Angst die Kleine zu verlieren. Aber genau das habe ich nicht vor: Ihr Emma wegnehmen. Ich gebe zu, erst habe ich schon daran gedacht, Emma zu uns zu holen. Aber das bringe ich nicht übers Herz. Kontakt muss reichen. Die Kleine hat ihre Familie und Freunde hier und nicht da, wo Martin und ich leben. Kai ist eh mit ihnen befreundet und regelmäßiger Gast. Auch meine Mutter darf zu Besuch kommen, was sie dankend annimmt.

Nun sitzen Martin und ich im Auto und fahren zurück nach Hause in unser altes Leben. Doch nichts ist mehr normal oder so, wie wir es gekannt haben. Ich spüre eine Ruhe und Ausgeglichenheit in mir, die vorher nicht dagewesen ist.

Sophie und Jack fallen uns in die Arme. Sie haben uns genauso vermisst wie wir sie. Martin muss mit seiner Schusswunde noch etwas aufpassen, sodass ich die beiden ermahnen muss, nicht zu doll mit ihm zu toben. Unsere Nachbarin drückt mich fest an sich und weint.

„Ich dachte du kommst nie wieder. Ich habe schon befürchtet, du hast ihn verlassen.“

Was hier wohl geredet worden ist in diesem kleinen Ort mitten am Meer? Inzwischen ist es mir aber egal. Ich habe meinen Seelenfrieden in

dem Moment gefunden, als wir Emma befreit
haben und Manfred es gewusst hat. Den Rest
schaffe ich auch noch. Gemeinsam mit meiner
Familie werde ich das Gerede durchstehen!
Martin ist schon immer egal gewesen, was die
Leute so reden.

Kapitel 11

Jack und Sophie springen vor Aufregung wild durch die Wohnung, sodass ich die beiden mehrfach ermahnen muss. „Nicht so wild!"

Martin nimmt es mit einem Schmunzeln wahr. „Lass sie, sie sind so aufgeregt. Du doch auch, oder etwa nicht?"

Er hat ja recht. Ich bin ebenso aufgeregt wie meine Kinder, aber springe nicht durch die ganze Wohnung, sondern tigere auf und ab.

Jessica und Manfred kommen uns mit Emma und den Zwillingen besuchen. Tagelang habe ich das ganze Haus geschruppt, obwohl die Putzfrau gerade sauber gemacht hat. Es soll einfach alles perfekt sein. Auch wenn sie uns nur als Freunde besuchen und in einem Hotel um die Ecke unterkommen, möchte ich, dass Emma sich hier zu Hause fühlt. Sie wird immer willkommen sein, auch ohne ihre Adoptiveltern, falls sie irgendwann mal alleine kommen möchte.

Ich laufe wie ein Tiger im Käfig herum, gucke jede Minute auf die Uhr und bin unausstehlich. Wann kommen sie denn nun endlich? Sie müssen doch schon längst hier sein. Hoffentlich ist nichts passiert. Panik breitet sich in mir aus. Die Geschichte mit Sonja hat Narben hinterlassen. Wenn die Kinder nicht rechtzeitig zu Hause sind, bekomme ich Angst. Martin merkt es, nimmt mich dann fest in den Arm und redet beruhigend auf mich ein. Mein Fels in der Brandung! Unsere Beziehung hat nicht gelitten, ganz im Gegenteil. Sie ist noch inniger als vorher.

Endlich sehe ich ihren Wagen auf unsere Einfahrt einbiegen. Lächelnd gebe ich Martin einen Kuss und eile raus. Emma springt sofort aus dem Auto und in meine Arme. Jessica scheint, es nicht zu gefallen, sie ermahnt die Kleine sofort. Sophie und Jack stehen bei Martin im Arm und blicken neugierig hinaus, was sich da abspielt.

Ich begrüße Jessica und Manfred genauso liebevoll, wie Emma, aber die Luft zwischen uns ist angespannt, das spüre ich deutlich. Hat sie immer noch Angst, ich würde ihr Emma wegnehmen? Niemals. Lange habe ich mit Martin über die Situation gesprochen. Wir sind uns einig, dass die beiden tolle Eltern und für uns Freunde geworden sind. Meine Familie ist hier und Emmas Leben besteht nun mal aus Jessica, Manfred, den Zwillingen und deren

Nanny. Wir spielen nur eine Nebenrolle und das ist richtig so.

„Kommt rein", bitte ich lächelnd, nehme die verdutzte Jessica an die Hand und ziehe sie hinter mir her zu Martin. Er lächelt und geht vor ins Haus.

Jack und Sophie schnappen sich die Zwillinge und rennen durch den Garten. Nur Emma bleibt bei uns Erwachsenen. Ich glaube, sie fühlt sich nicht mehr wie ein Kind. Bestimmt haben die Geschehnisse sie erwachsener werden lassen.

Die Stimmung ist etwas angespannt. Jessica und ich trinken unseren Kaffee und knabbern vorsichtig an den Keksen. Wir wissen nicht so recht, über was wir uns unterhalten sollen. Jetzt wo Emma frei ist, fehlen uns scheinbar die Gesprächsthemen. Nur Martin und Manfred unterhalten sich angeregt. Sie haben keine Berührungsängste. Auch Emma sitzt etwas verloren zwischen Jessica und mir.

„Ich gehe mal zu den anderen Kindern, dann könnt ihr Erwachsenen euch mal etwas aussprechen." Sie seufzt, stellt die Tasse mit Kakao ab und geht raus.

Jessica und ich gucken ihr verwirrt hinterher.

„Was meint sie damit?" Jessica ist entsetzt.

„Na denkt ihr etwa, die Kleine ist auf den Kopf gefallen? Ich bin die Treppe runtergefallen, nicht Emma!", witzelt Manfred. Na Humor hat er ja.

„Jessica, ich habe nicht vor, euch Emma wegzunehmen", beginne ich vorsichtig. „Ich möchte sie nur nicht wieder verlieren. Wann ihr es ihr erzählt, dass bleibt euch überlassen, denn ihr seid ihre Eltern. Nicht Kai und ich."

Jessica lässt ihre Tasse auf die Untertasse fallen und springt mir in die Arme. Etwas überrumpelt erwidere ich ihre Nähe und wir weinen beide dicke Tränen. Aus dem Augenwinkel sehe ich, wie Martin Manfred auf die Schulter klopft und lächelt. Die beiden Männer klären so etwas eben anders. Sie brauchen keine großen Worte, eine Geste und ein Blick reichen scheinbar und alles ist gesagt.

Nun ist der Knoten geplatzt. Jessica und ich können wieder unbeschwert miteinander umgehen. Von draußen hören wir die Kinder spielen und toben, was uns immer wieder ein Lächeln aufs Gesicht zaubert. Unser Garten ist nicht so riesig wie deren, aber immer noch groß genug, um die Horde zum Toben zu animieren.

Ich löchere Jessica, wie es Emma wirklich geht. Ich kann mir kaum vorstellen, dass so eine

kleine Kinderseele so etwas ohne Schaden
wegsteckt. Wenn ich bedenke, wie es Martin und
mich in den Träumen heimsucht, möchte ich
eigentlich gar nicht wissen, was Emma
durchmacht. Ich mag unsere Kinder kaum
alleine lassen, aus Angst, dass jemand sie
entführt und ihnen das Gleiche wie Emma
antut. Mich schaudert es, wenn ich an den
dunklen und feuchten Keller denke, in dem wir
gefangen gehalten worden sind.

Jessicas Geschichten lassen meine
schlimmsten Befürchtungen wahr werden. Auch
Emma hat Narben von der Gefangenschaft
davongetragen. Mehr als uns lieb ist sicherlich.
Sie kann kaum noch alleine im Dunkeln bleiben,
dann hat sie Panik. Immer noch schläft Jessica
mit ihr im Zimmer und sie braucht ein kleines
Licht, sonst kommt die Kleine nicht zur Ruhe.
Auch zur Psychologin muss Emma, das hilft ihr
wohl sehr, bewirkt aber keine Wunder. Es hat
einige Zeit gedauert, bis Emma wieder zur
Schule hat gehen können. Das lenkt sie ab.
Anfangs ist sie allerdings ziemlich von den
Reportern belagert worden, was ihr nicht gerade
gutgetan hat. Die haben die ganze Familie sehr
bedrängt für Fotos und Interviews. Jessica hat
Tränen in den Augen beim Erzählen. Es belastet

alle sehr. Sie und Manfred lassen auch die Zwillinge kaum aus den Augen. Selbst hier bei uns steht immer wieder einer von beiden auf und guckt raus, ob noch alle da sind. Es ist erschreckend, aber auch wiederum schön mit anzusehen, wie selbstverständlich sie sich um Emma und die Zwillinge kümmern, obwohl sie nicht ihr eigen Fleisch und Blut sind. Ohne sich abzusprechen, guckt mal der eine, mal der andere zu den Kindern. Wie in einer Symbiose.

„Habt ihr euch endlich eingekriegt?“ Mit einem Mal steht Emma im Raum und macht die Terrassentür hinter sich zu. Verdutzt gucken wir vier sie an.

„Was meinst du Häschen?“ Jessicas Stimme zittert.

Emma scheint, etwas genervt zu sein. So kenne ich sie gar nicht.

„Denkt ihr eigentlich ich bin doof? So gemein Sonja auch war, so ehrlich war sie zu mir. Mal mehr, mal weniger.“ Sie verdreht die Augen.

Uns bleibt die Spucke weg, als Emma den Namen ganz trocken erwähnt. Mir zittern die Beine, Jessica blickt zwischen Manfred und uns hin und her und Martin zieht die Augenbrauen nach oben. Wir sind alle verwirrt. Emma hingegen setzt sich ganz ruhig auf einen der Sessel.

„Können wir jetzt endlich mal ehrlich reden? Ich bin kein Kind mehr verdammt! Sonja hat mich nicht zufällig entführt. Sie hat mir einiges erzählt. Wir hatten ja genug Zeit, bis ihr mich gefunden habt.“

Ich glaube, uns wird bei dem Satz allen klar, was Sonja getan hat. Jessica laufen Tränen über die Wangen und mir läuft kalter Schweiß die Stirn runter. Das kann doch nicht wahr sein.

„Oh bitte. Seid endlich ehrlich!“ Emma wird ungeduldig.

„Schatz, Prinzessin, was hat sie dir erzählt?“ Jessica redet mit Engelszungen auf die Kleine ein.

„Ich glaube, das wisst ihr genau.“ Ihr Blick wandert zwischen uns vieren hin und her, bevor sie augenrollend weiterredet.

„Ich bin, genau wie die Zwillinge, adoptiert und ratet mal, wer meine leiblichen Eltern sind.“

Mir bleibt die Luft weg. Einerseits bin ich beruhigt, dass sie es endlich weiß, andererseits hätte ich mich gerne auf diesen Tag vorbereitet und das Ganze in einem tollen Ambiente festlich gestaltet. Jessica fängt fürchterlich an zu weinen, sodass Emma sich neben ihre Mutter setzt und sie ganz fest in den Arm nimmt.

„Mama, ich will nur die Wahrheit wissen. Hat Sonja recht? Ist Kai mein Vater?" Emmas Stimme ist bestimmend und fordernd.

Nickend und tränenüberströmt blickt Jessica Emma an. Nun ist es raus. Sonja hat es uns abgenommen, es ihr zu erzählen. Jetzt können wir nur noch Schadensbegrenzung betreiben und hoffen, dass Emma es gut aufnimmt. Bis jetzt scheint es zumindest so. Emma ist gefasst und atmet hörbar aus. Jessica hingegen weint immer noch in ihren Armen. Man könnte meinen, die Rollen müssten andersherum sein. Emma sollte weinend in Jessicas Armen liegen. Doch sie ist hier die Starke. Das hat sie definitiv nicht von mir.

„Wer ist meine Mutter? Das wusste Sonja nicht. Ich kann es mir vorstellen, möchte es aber von euch hören." Sie guckt abwartend zwischen uns hin und her. Manfred holt Luft, seine Stimme versagt allerdings, bevor auch nur ein Wort seinen Mund verlässt. „Könnt ihr endlich ehrlich zu mir sein, verdammt! Ich helfe euch mal dabei. Samira, möchtest du mir was sagen?" Wie stark die Kleine ist, kann ich kaum glauben.

„Seit wann weißt du es?“ Auch mir kullern nun Tränen über die Wangen, was einem Geständnis gleich kommt.

„Warum habt ihr mir das nicht vorher erzählt. Ich bin doch schon lange kein Kleinkind mehr. Zudem wäre ich nicht so überrascht und entsetzt gewesen, als Sonja es mir an den Kopf geworfen hat.“ Emma sitzt aufrecht neben Jessica und streichelt ihr liebevoll den Kopf. „Mama, ich bin immer deine Tochter, doch ich möchte wissen, wo ich herkomme. Ist das so schwer zu verstehen?“

Wie stark die Kleine doch ist. Sie hat ein Recht zu wissen, wo sie herkommt. Nun recke ich mein Kinn, setze mich aufrecht hin und fange an zu erklären. „Ich weiß nicht, was Sonja dir erzählt hat, denn sie hat ja scheinbar nur gewusst, dass Kai dein leiblicher Vater ist, nicht aber, dass ich dich geboren habe.“

Erneut bricht mir die Stimme bei dem Gedanken an diesen einen Tag. Alle gucken mich an und warten ungeduldig auf die Fortsetzung. Emma nickt nur.

„Ich, nein, wir waren damals noch zu jung, um eine Familie zu gründen. Ich war ja kaum älter, als du heute bist Emma. Dass wir dumm und unvorsichtig waren, muss ich, glaube ich, nicht extra erwähnen. Kai hat nichts von dir gewusst. Es war ja nur eine Nacht, die wir beide zusammen verbracht haben. Ich habe es ganz alleine so entschieden. Nicht dass ich dich nicht geliebt habe, das darfst du nicht denken, Kleines. Es hat mir das Herz zerrissen, dich an jenem Tag wegzugeben. Doch ich wollte, dass du eine Zukunft hast. Das wäre bei mir nicht möglich gewesen. Ich war ja schließlich selber noch ein Kind und hatte noch ein paar Jahre Schule vor mir. Außerdem war ich gar nicht erwachsen genug, um ein Kind aufzuziehen. Ich denke, dass zeigt schon meine eigensinnige Reaktion auf die Schwangerschaft."

Ängstlich schaue ich zu Emma, die Jessica immer noch fest in den Armen hält. Was denkt sie nun über mich.

„Also entschied ich mich, dich zur Adoption freizugeben, damit du eine liebevolle Familie bekommst, die dir was bieten kann. Und so kam es ja auch. Jessica und Manfred sind genau die Familie, die ich mir für dich wünsche."

Bei diesem Satz ist kein Halten mehr. Jessica stürzt mir in die Arme und auch Manfred laufen Tränen über die Wange. Martin guckt mich liebevoll an. Aus Emmas Blick werde ich allerdings nicht ganz schlau. Sie sitzt wie angewurzelt auf ihrem Platz und wartet scheinbar darauf, dass ich weitererzähle. Oder ist sie geschockt? Es ist nicht zu erkennen, was in ihr vorgeht. Etwas ängstlich erkläre ich weiter.

„Selbst meine Mutter habe ich im Stich gelassen und bin weggegangen. Ich wollte ganz neu anfangen und lies alles hinter mir. Die Schule habe ich woanders beendet, damit keiner von meinen alten Freunden von der Schwangerschaft erfährt. Jahre später habe ich Martin kennengelernt und wir gründeten eine Familie. Es ist seither allerdings kein Tag vergangen, Emma, an dem ich nicht an dich gedacht habe. Es tut mir leid, dass du es so erfahren musst, Liebes. Das wollte ich bestimmt nicht. Selbst Martin hat es erst erfahren, als ich zu meiner Mutter gefahren bin und wir alle nach dir gesucht haben. Sophie und Jack wissen es immer noch nicht. Wir wollten eigentlich erst einmal mit dir reden. Sonja ist die letzte, die es dir hätte erzählen sollen. Sag bitte was.“

„In einem habt ihr recht. Sonja ist die letzte, von der ich es hören wollte. Und doch bin ich ihr dankbar, dass sie es getan hat. Wer weiß, wie lange ihr noch gewartet hättet.“ Emma schnaubt wütend. Zu Recht.

Jessica ist langsam wieder gefasst und streichelt der Kleinen die Wange. „Du bist unsere Tochter, unser kleines Wunder. Wir haben uns immer ein Kind gewünscht, konnten aber keine bekommen. Umso glücklicher waren wir, als das Jugendamt uns eines Tages mitteilte, wir könnten ein Neugeborenes adoptieren. Du weißt, dass wir dich und die Zwillinge lieben, als wäret ihr unser eigen Fleisch und Blut. Nichts und niemand kann das ändern."

Die Stimmung ist bedrückend. Wir alle denken nach, was wir noch sagen oder tun können. Emma steht auf und will gehen. Entsetzt und voller Angst, sie nicht wieder zu sehen, springe ich ebenfalls auf und stelle mich ihr in den Weg. Ich kann sie nicht erneut verlieren. Wir haben uns doch alle gerade erst gefunden.

„Gib uns eine Chance, Kleines, bitte."

„Das ist mein Problem Samira, ich bin nicht mehr klein." Emma dreht sich um und geht.

Als Jessica ebenfalls aufsteht, um sie davon abzuhalten, hält Manfred sie auf und redet beruhigend auf uns ein. Jessica und ich sitzen daraufhin auf dem Sofa und weinen. So hatten wir uns das Zusammentreffen nicht vorgestellt. Es begann so harmonisch. Wie konnte die Stimmung so dramatisch kippen?

Epilog

Nach jenem Tag hat sich alles für uns geändert. Emmas Ansprache hat uns alle wachgerüttelt. Noch so einen Fehler haben weder ihre Adoptiveltern noch wir erneut begehen wollen. Also haben Martin und ich unseren Kindern noch am gleichen Wochenende erklärt, wer Emma wirklich ist. Die Freude der beiden ist riesig gewesen. Sie sind wild um uns herumgehüpft. Sie mögen ihre Schwester sehr und sind enttäuscht gewesen, dass sie nicht gedenkt, bei uns einzuziehen.

Bei einem langen Spaziergang am Meer haben wir ihnen erzählt, dass Emmas Familie aus Jessica, Manfred und den Zwillingen besteht und sie uns aber sicherlich regelmäßig besuchen kommt. Das haben sie dann noch mehr gemocht, da dann ja auch die beiden anderen dabei sind, mit denen sie noch lieber spielen.

„Emma ist einfach zu alt zum Spielen, aber trotzdem cool", hat Jack ganz trocken rausgehauen, was die Sache sehr erleichtert. Uns ist ein Stein vom Herzen gefallen, dass unsere zwei es so locker sehen. Sogar Kai möchten sie

unbedingt kennenlernen, worauf ich allerdings
nicht ganz so erpicht bin.

Emma hat sich den Tag zum Glück wieder
schnell beruhigt und dem Ganzen eine Chance
gegeben. Jessica und Manfred haben sich fest
vorgenommen, bei den Zwillingen nicht den
gleichen Fehler zu begehen und ihnen früher zu
sagen, dass sie adoptiert sind. Zumal die beiden
die Geschichte um Emma mitbekommen haben
und sicherlich bald anfangen, Fragen zu stellen.

Die fünf kommen seither häufiger zu uns, um
Urlaub am Meer zu machen. Auch sie sind dem
Flair des gar nicht mal so kühlen Nordens tief
verfallen. Emma verbringt ihre Ferien auch ohne
die anderen bei uns und genießt die Ruhe bei
langen Spaziergängen am Strand. Etwas hat sie
scheinbar doch von mir.

Meine Mutter hat all ihre Zelte abgebrochen,
ihr Anwesen verkauft und ist in ein kleines
Häuschen eine Straße weiter eingezogen. Wir
kosten ihre Nähe aus. Ich habe ihr so viele Jahre
mit den Enkeln genommen, das holt sie jetzt
nach. Sie macht mir nie Vorhaltungen deswegen,
sondern nutzt jeden Tag bei den Kindern aus.
Stundenlang liest sie Bücher, bastelt oder malt
mit ihnen. Es ist so schön, mit anzusehen, wie

auch die Kinder die Nähe ihrer Großmutter
genießen.

Kai hingegen habe ich nie wiedergesehen.
Emma erzählt ab und an von ihm. Zu ihr hat er
weiterhin Kontakt. Bei uns meldet er sich nicht
mehr und sucht mich auch nicht mehr in meinen
Träumen heim. Zum Glück muss ich zugeben.
Das war gruselig.

Ich habe mit der Befreiung Emmas und dem
Lüften des Geheimnisses meinen inneren
Frieden gefunden. Es fällt mir jetzt viel leichter,
mit den Kindern umzugehen, sie zu drücken und
zu kuscheln. Es hat mich mehr belastet, als ich
gedacht habe. Jetzt sind wir eine Familie. Eine
große Familie, die aus mehr Komponenten
besteht als normal. Aber was ist schon normal?
Normal ist relativ. Es ist das, was wir daraus
machen.

Emma

Wer ist diese Frau und was will die von mir? Sie sagt böse Sachen über meine Familie und Kai. Ich will wieder nach Hause. Warum tut sie das? Tränenüberströmt gucke ich mich um. Es ist kalt, dunkel und riecht ekelig hier. Man erkennt kaum die Hand vor Augen.

„Hallo? Bist du da draußen? Lass mich hier raus. Das ist nicht lustig."

Kein Geräusch ist zu hören. Niemand sagt etwas. Auf allen vieren setze ich mich in Bewegung und taste den sandigen Boden ab. Als ich mir den Kopf an etwas Weichem stoße, keimt ein wenig Hoffnung in mir auf. Was kann das sein? Mit meinen kalten Händen berühre ich den Gegenstand und stelle fest, dass es ein Sessel sein muss. Schnell springe ich rauf und rolle mich zusammen. Ich klappere unaufhörlich mit den Zähnen.

Warum hat sie mir meinen Pullover weggenommen? Will sie, dass ich erfriere? Selbst mit Pullover wäre es hier unten kaum auszuhalten. Diese Kälte zieht überall durch. Sich nähernde Schritte sind von oben zu hören. Vielleicht war es nur ein böser Scherz und sie lässt mich wieder frei. Die Tür geht knarrend auf, sodass ich erschrocken zusammenzucke. Hoffnungsvoll versuche ich, an der mich blendenden Taschenlampe vorbeizugucken.

„Darf ich gehen?" Böses Gelächter ertönt. Sehen kann ich nicht wirklich was. Das Licht blendet meine Augen, die immer noch Ausschau nach etwas Brauchbarem wie Kleidung oder einer Decke halten.

„Warum tun Sie das? Lassen sie mich doch gehen. Ich habe Ihnen nichts getan!"

Das Gelächter verstummt und wird zu einem noch böseren Schreien. „Und ob du kleine Kuh! Du lebst und hast mir meinen Kai weggenommen! Wenn du nicht wärest, hätte er mich nie verlassen. Nur wegen dir ist er gegangen!"

Kai? Was hat er damit zu tun? Er ist doch nur ein Freund meiner Eltern. Ich verstehe die Welt nicht mehr.

„Bitte, ich flehe Sie an. Lassen Sie mich hier raus. Es ist kalt und ich habe Hunger."

„Genauso kalt wie deine Familie. Das solltest du doch kennen! Hier, das kannst du essen!"

Im Lichtkegel der Taschenlampe kullert etwas über den Sandboden. Entsetzt betrachte ich das Stück, was da im Dreck liegt. Will die mich verarschen? Das kann nur ein schlechter Scherz von irgendwelchen Jugendlichen sein.

„So groß kann der Hunger ja nicht sein, wenn du es nicht essen magst. Verwöhnte Kuh!"

Mit der Taschenlampe leuchtet die Frau das Stück an, was sie mir hingeschmissen hat. Es ist ein Kanten Brot. Ich eile hin, hebe es auf und putze den Sand ab. Es ist teilweise hart, doch das ist mir erstmal egal. Ich habe fürchterliche Bauchschmerzen vor Hunger. Meine letzte Mahlzeit ist schon etwas her. Genau weiß ich es nicht, da ich keine Uhr bei mir habe.

Vorsichtig knabbere ich an dem harten Stück Brot. Lecker ist es nicht. An einigen Stellen schmeckt es etwas komisch. Ich pule am Brot rum. Mir wird schlecht. Den Rest lege ich auf den Sessel. Vielleicht kommt sie ja nochmal wieder und gibt mir was Besseres. Das kann wirklich nicht ihr Ernst sein. Was auch immer diese schreckliche Frau möchte, ich hoffe, sie bekommt es bald. Weinend nicke ich zusammengerollt auf dem Sessel ein.

„Steh auf du faule Kuh! Los jetzt!" Erschrocken springe ich auf und blinzle. Was? Wo bin ich? Meine Füße sind eiskalt und ich zittere. Die böse Frau bindet meine Hände mit einem Strick zusammen, packt sich das Ende und zerrt mich hinter sich her. Stolpernd folge ich ihr. Mehrfach falle ich hin, was sie nicht davon abhält, nochmal stärker am Seil zu ziehen.

„Halt, ich kann nicht aufstehen. Warte doch mal!"

„Was denkst du, wo wir hier sind? Im Wellnessurlaub? Ich will spielen!" Ihr widerliches Lachen hallt in meinen Ohren wider.

Spielen? Was will sie mit mir spielen?

Sie zerrt mich eine steile Treppe hoch, die in einem Flur mündet. Hoffnung keimt in mir auf. Vielleicht lässt sie mich ja danach gehen. Hier oben ist es deutlich wärmer. In einem Ofen knistert es. Das Feuer verbreitet eine wollige Wärme im Raum.

„Darf ich mich aufwärmen?"

Abrupt bleibt sie stehen, sodass ich gegen sie laufe. Wütend stößt sie mich zurück und haut mit dem Ende des Seils auf mich ein. Weinend kauere ich mich auf den Boden zusammen. Es tut fürchterlich weh, wo mich die Hiebe treffen, aber hier ist es wenigstens warm. Schon zerrt sie wieder am Strick und schleift mich hinter sich her.

„Du spinnst wohl du kleine verwöhnte Göre!"

Warum macht sie das? Was hat sie gegen mich?

Die nächste Treppe schleift sie mich hoch.
Immer wieder stolpere ich eine Stufe hoch oder
wieder runter, doch sie wird nicht langsamer.
Unbeirrt führt die böse Frau den Weg fort, ohne
darauf zu achten, ob ich hinterherkomme oder
nicht. Wenn ich falle, zerrt sie nur umso stärker
am Seil. Hier oben sieht es aus wie auf einem
alten Dachboden.

Das Knistern vom Feuer ist zu hören und es
ist nicht ganz so kalt wie unten im Keller. In der
Ecke steht ein Bett, ein Schrank mit Spiegel und
ich erschrecke, als ich mein Spiegelbild darin
betrachte. Ich sitze halb nackt mit zerzausten
Haaren völlig verdreckt auf dem Boden. Die
Hände schmerzhaft zusammengebunden zerrt
die Frau immer wieder an dem Strick und schreit
mich an. Sie bindet mich am Bettgestell fest, das
übrigens nicht sehr stabil aussieht. Ich überlege,
wie ich mich befreien kann. Geh endlich wieder
runter, bete ich in Gedanken.

Tatsächlich lässt sie mich alleine und geht.
Vorsichtig ziehe ich am Seil, was an dem
Metallgestell des Bettes festgeknotet ist. Meine
Handgelenke schmerzen unter dem Zug, aber
irgendwie muss es ja loszubekommen sein. So
wie ich es denke, geht der Knoten leider nicht
auf. Das wäre ja auch zu einfach gewesen.

Schade. Mit meinem Körper versuche ich, das Bett hochzustemmen, um das Seil unten vom Pfosten runterziehen zu können. Aber ich rutsche ab und das Bett knallt auf den Boden.

Auweia, das war bestimmt auch unten zu hören. Schnell kauere ich mich wie vorher zusammen, sodass ich genauso da liege wie vorher. Doch sie kommt nicht. Bin ich alleine? Sollte ich jetzt Angst oder Hoffnung haben? Wild entschlossen versuche ich erneut, das Bett etwas hochzustemmen, um mich zu befreien. Doch das Seil bewegt sich kaum.

„Mist!“

„Das hast du dir wohl so gedacht du kleines Miststück!“ Etwas Hartes trifft mich am Rücken und danach am Kopf. Weinend mache ich mich so klein wie möglich. Es tut so weh.

Mein Atem geht schnell, als sie endlich fertig ist mit „spielen“, wie sie es nennt. Mir tut mein ganzer Körper weh. Das einzig Gute hier oben ist die Wärme. Danach schließt sie mich wieder im Keller ein, wo es bitterkalt ist. Was schlimmer ist, kann ich nicht sagen, oben die Wärme und Schläge oder das Alleinsein und die Kälte hier unten.

Die Zeit zieht ins Land und die Hoffnung, gefunden zu werden, schwindet mit jedem Tag etwas mehr. Täglich holt die böse Frau mich zum Spielen nach oben, misshandelt und beschimpft mich. Schreckliche Dinge erzählt sie mir, während sie mich unaufhörlich schlägt. Ihrer Fantasie sind keine Grenzen gesetzt. Ich ertrage es nur aus einem Grund. Hier oben ist es warm!

Warum findet mich denn keiner? Hat sie recht, sucht man gar nicht nach mir? Will meine Familie, von der die böse Frau behauptet, es sei gar nicht meine Familie, mich loswerden?

„Los du kleine Kuh, es ist Zeit zum Spielen!", ruft sie von der Treppe.

Schon wieder? Ich könnte schwören, es ist noch nicht lange her, dass sie mich geholt hat. Seufzend stehe ich vom dreckigen Sessel auf und bete, dass es nicht allzu schlimm wird. Meine Kraft schwindet immer mehr, sodass ich mich kaum noch auf den Beinen halten kann. Die Tür fliegt auf und ich blinzle in das Licht der Taschenlampe.

„Los jetzt, beeile dich mal!"

Die ist ja gut drauf. Deshalb will sie bestimmt nochmal spielen. Sie hat schlechte Laune und ich muss es ausbaden. Tief atme ich ein, strecke ihr die Hände hin, damit sie mich fesseln kann.

Oben kommt es, wie ich befürchtet habe. Sie hat schrecklich schlechte Laune und schreit mich noch wütender an als sonst. Plötzlich, mitten im Schlagen hört sie auf. Von unten ist ein Geräusch zu hören. Jemand ist im Haus! Hoffnung macht sich in mir breit, die die böse Frau allerdings gleich im Keim erstickt.

„Glaub gar nicht, dass jemand kommt, um dich kleine Kuh zu retten. Du bist mein Spielzeug und niemand sucht dich. Deine sogenannte Familie ist froh, dich los zu sein", flüstert sie, als sie mir den Mund mit einem dreckigen Tuch zubindet.

Sie geht die Treppe runter und ich höre Stimmen, die ich nicht kenne. Bitte, bete ich, lass sie mich finden. Lange halte ich es hier nicht mehr aus. Die Anspannung zerfrisst mich bald. Vorsichtig klettere ich aufs Bett, kauere mich zusammen und warte. Nichts ist mehr von unten zu hören. Ich glaube, ich höre die Tür zum Keller aufgehen, die knarrt so laut. Sicher bin ich mir allerdings nicht. Schritte nähern sich meinen Raum. Mein Puls schlägt bis zum Hals.

„Komm da sofort runter! Du spinnst wohl, du kleine Kuh! Denkst du etwa, du darfst auf meinem Bett Platz nehmen?"

Es hagelt Beschimpfungen und Schläge. Wutentbrannt zerrt sie mich die Treppen runter, zieht die Tür auf und schmeißt mich in den Keller.

„Los rein da, du blöde Kuh! Alle in einem Raum ist weniger Arbeit für mich. Ihr nervt mich jetzt schon."

Doch dieses Mal ist der kalte und düstere Keller nicht leer. Es befindet sich noch jemand hier unten. Ich bin nicht mehr alleine!

„Hallo?", fragt eine weibliche Stimme ins Dunkel.

„Ja", erwidere ich zaghaft.

Ein Mann kriecht über den Boden „Emma? Bist du Emma?"

„Woher weißt du das?" Ich schluchze.

„Wir suchen dich schon sehr lange. Komm zu uns Kleines. Wir wärmen dich."

Ich zögere, krabble aber auf allen vieren zu ihnen. Schlimmer als die böse Frau können die beiden auch nicht sein. Außerdem sind sie ja auch hier gefangen.

„Wer seid ihr und wer ist die blöde Tante, die uns hier gefangen hält. Und vor allem, wieso?"

Meine Worte sprudeln nur so aus mir heraus. Zitternd erklärt mir der Mann, dass sie Freunde von meinen Eltern sind und sie die ganze Zeit über schon nach mir suchen. Ich fange fürchterlich an zu weinen und umarme die beiden für mich völlig fremden Menschen. Wusste ich es doch, meine Eltern lassen mich nicht im Stich! Ich bin nicht mehr alleine hier unten. Das alleine reicht schon, um mir Hoffnung zu geben.

„Danke, dass ihr nicht aufgegeben habt, mich zu suchen. Die blöde Frau hat mir erzählt, es sucht niemand nach mir und dass alle froh sind, mich los zu sein. Doch ich konnte mir das nicht vorstellen. Was will die von mir? Sie sagt böse Sachen über Kai und meine Familie.“

Alle zusammen sitzen wir auf dem völlig verdreckten Sessel. Die Frau gibt mir Shirt und Hose. Beides ziehe ich mir schnell über. Warum sie das tut, frage ich nicht und ist mir eigentlich auch egal. Er ist so schön warm und ich genieße es, auf ihrem Schoß zu sitzen. Der Mann umarmt uns beide liebevoll. Die körperliche Nähe tut gut. Völlig kaputt fallen mir die Augen zu. Ich bin nicht mehr alleine. Meine Familie hat nicht aufgehört, nach mir zu suchen, und sogar zwei Fremde sind gekommen, um mich zu retten. Ich bin doch was wert. Erleichtert atme ich aus und sinke in einen tiefen Schlaf, den ich schon lange nicht mehr hatte. Ich fühle mich geborgen und geliebt. Du kriegst mich nicht klein. Ich werde gesucht und geliebt. Hier rauszukommen, schaffen wir auch noch. Gemeinsam.

Martin

Irgendwas geht in Samira vor. Ihre Träume und Ängste sind doch nicht normal. Warum sagt sie mir nicht, was wirklich in ihr vorgeht? Wölfe, ja klar. Die spinnt doch. Und wer ist Kai? Den Namen hat sie eindeutig mehrfach im Traum erwähnt. Ob sie eine Affäre hat? Nein, das kann und darf nicht sein. Unsere ganze Beziehung lang habe ich sie auf Händen getragen. Wir haben zwei wundervolle Kinder und ich liebe Samira.

Aber beruht das auf Gegenseitigkeit? Auch unseren beiden gegenüber ist sie kühler als andere Mütter zu ihren Kindern. Irgendetwas stimmt nicht, das merke ich doch. Wenn sie nur mit mir darüber sprechen würde. Mir fallen die Worte einer ihrer Freundinnen ein, die mich mal verführen wollte. ‚Was willst du mit so einer Frau? Sie ist kalt wie Eis, kann nicht kochen und geht nicht arbeiten.‘ Ähnliches tuscheln meine Arbeitskollegen.

Doch sie kennen Samira nicht. Sie kann so liebevoll sein. Haushalt machen und arbeiten gehen soll sie gar nicht. Ich verdiene genug für uns beide und die Putzfrau macht ihren Job bei uns im Haus sehr gut. Samira soll sich nur um unsere Kinder und sich selbst kümmern. Ich bin ihr verfallen, das gebe ich zu. Schon beim ersten Blick, den ich auf sie geworfen habe, war es um mich geschehen. Eins ist mir damals klar geworden. Das ist die Frau meiner Kinder.

Sie hat damals im Restaurant gesessen, am Wein genippt und auf das Meer hinausgestarrt. Fasziniert habe ich die wunderschöne blonde Frau angeschaut, die den Wellen zugeguckt hat. In ihrem Blick hat so viel Schmerz, Angst und gleichzeitig Liebe gelegen. Wie ein Löwe habe ich um sie gekämpft und ihr Herz gewonnen.

Jetzt, Jahre später, weiß ich nicht, ob es noch meins ist. Sie ist zu ihrer Mutter gefahren, ohne mir oder den Kindern den wahren Grund zu nennen. Sie muss ihre Vergangenheit in den Griff bekommen. Aber was hat es damit auf sich? Ich weiß nichts von ihrem früheren Leben und auch ihre Mutter kenne ich nicht.

Entschlossen greife ich zum Koffer und packe ein paar Sachen ein. Ich muss ihr einfach hinterherfahren. Samira ruft zwar ab und an mal an, aber wirklich erfahren tue ich nichts. Zum Glück habe ich ihr Handy orten können, sodass ich wenigstens weiß, wo ich hinmuss! Liebevoll umarme ich unsere Kinder, bedanke mich bei unserer Freundin dafür, dass sie auf die beiden aufpasst, und fahre los. Etwas nervös bin ich ja, das muss ich zugeben. Wer weiß, was mich da erwartet. Ich bete inständig, dass Samira mich nicht betrügt und dass ich ihr verzeihen kann, bei dem, was auch immer sie mir verheimlicht.

„Sie haben ihr Ziel erreicht“, ertönt es aus meinem Navigationsgerät.

Ihr Auto steht in der Einfahrt, also muss ich hier richtig sein. Dann mal los, Martin. Tief atme ich ein, steige aus und klingle. Eine ältere Frau, die mir seltsam bekannt vorkommt, öffnet die Tür. Verdutzt schaut sie mich an.

„Du musst Martin sein. Komm rein. Samira ist allerdings noch nicht wieder da.“

Verwirrt trete ich ein. Sie weiß also, wer ich bin. Wäre ja schön, wenn es mir genauso ginge, doch ich habe keinen blassen Schimmer, wer diese Frau ist. Sie scheint, meinen Blick richtig zu deuten.

„Ich bin übrigens Samiras Mutter.“

Ihre Mutter! Na klar. Dann hat sie doch nicht gelogen, als sie gesagt hat, sie fahre zu ihrer Mutter, um ihr zu helfen. Ein Stein fällt mir vom Herzen. Doch keine Affäre.

Samiras Mutter ist sehr nett. Wir unterhalten uns und sie fragt mich über unsere Kinder aus.

Tränen sammeln sich in ihren Augen und kullern langsam über die Wangen, als ich von den beiden erzähle. Warum hat Samira nie von ihrer Mutter gesprochen? Ich habe eine ganz andere Person erwartet, jedenfalls keine so liebevolle ältere Dame.

„Da kommen die beiden." Und schon steht Samiras Mutter auf, um die Tür zu öffnen.

Die beiden? Übelkeit überkommt mich, als ich ihr langsam zur Tür folge. Ihr Begleiter geht nur nickend an mir vorbei, während ich weiter zur Haustür gehe. Wutentbrannt gucke ich dem Kerl hinterher, der sich hier offenbar gut auskennt.

„Sollte ich was wissen? Möchtest du mir was sagen?"

„Ja, solltest du. Ich meine, nein. Lange Geschichte, aber nicht so, wie du gerade denkst", stottert Samira. Na toll.

„Wie der Zufall so will, habe ich gerade ganz viel Zeit, also fang an!" Meine Geduld hält nicht mehr lange. Ich bin kurz vorm Durchdrehen!

„Wo sind unsere Kinder? Hast du sie auch mit?"

Will Samira mich verarschen? Ich will endlich wissen, wer der Kerl ist. Natürlich nehme ich die Kinder nicht mit, wenn ich nicht weiß, was hier gespielt wird!

„Nein, sie sind zu Hause geblieben. Ich wusste nicht, was uns hier erwartet. Und wie es scheint, war es auch besser so. Deine Mutter war allerdings etwas traurig.“

Langsam kommt Samira auf mich zu, zieht mich an sich ran und küsst mich leidenschaftlich. Verdutzt erwidere ich ihren zarten Kuss und nehme sie fest in meine Arme. Dann erscheint wieder dieser Kerl vor meinem inneren Auge und ich muss sie wegstoßen.

„Holla, was war das denn? Hast du mich etwa vermisst?“ Lächelnd zieht Samira mich ins Haus, durch den Flur in die Küche. Da sitzen der Mann und ihre Mutter. „Mum, Kai, darf ich euch Martin vorstellen. Das ist mein Ehemann“, stottert Samira.

Das ist also Kai! Er steht auf und stellt sich als alter Freund vor. Ich betrachte ihn nur von oben bis unten. Was will der hier bei Samira und ihrer Mutter!

„Wir haben uns schon bekannt gemacht“, meint ihre Mutter nur lachend. Ich war ja schließlich schon hier, was denkt Samira sich.

Wir setzen uns und reden über allerhand belangloses Zeug. Warum sagt mir keiner, was hier gespielt wird? Das ist doch kein

Höflichkeitsbesuch von Samira. Hier geht doch irgendetwas vor.

„Sagst du mir, was hier los ist, Samira? Kai ist doch nicht nur ein alter Freund, richtig? Ich sehe, wie er dich anguckt. In seinem Blick ist etwas, was man für Liebe halten könnte."

Samira senkt den Blick und bleibt stumm. Na danke auch!

„Ich weiß nicht, wo ich anfangen soll. Versprich mir, dass du mich nicht verlässt." Angst klingt in ihrer Stimme nach. Ich bin verdutzt. Was kommt denn nun? Doch eine Affäre? Oh nein, bitte nicht. „Bitte", fleht Samira mich ängstlich an.

„Samira, ich weiß doch gar nicht, was du mir erzählst. Ich werde dich nicht verlassen, aber ohne die Wahrheit zu kennen, weiß ich nicht, wie ich dich unterstützen soll", bringe ich im Versuch hervor, sie oder vielmehr mich zu beruhigen.

„Kai ist der Vater meiner Tochter", schmeißt sie mir an den Kopf.

Mir wird schlecht. Sie hat mich also doch betrogen. Und das auch noch mit Folgen. Na danke auch. „Wie bitte? Du bist fremdgegangen? Wann? Warum hast du es mir nicht früher gesagt? Sie wird immer mein Kind bleiben! Ich muss aber erstmal nachdenken.“

„Wie, sie wird immer dein Kind bleiben? Du kennst sie doch gar nicht.“ Es folgt eine kurze Stille, bevor sie weitererzählt. „Nein, nein, das meine ich nicht. Ich habe dich nicht betrogen! Niemals! Es geht nicht um Jack oder Sophie! Ich rede von Emma.“

Tränen laufen über ihre Wangen. Laut atme ich aus, setze mich wieder hin und nehme ihre Hand. Gott sei Dank.

„Erzähl, wer ist Emma und was hat das alles hier zu bedeuten? Wie alt ist sie und wann war das mit Kai.“ Ich habe so viele Fragen an Samira. Den Kai mag ich allerdings immer noch nicht. Wie kann man eine schwangere Frau verlassen? So etwas macht mich wütend.

„Warte, warte, ich komme mir ja vor wie bei einem Verhör. Kai und ich waren Teenager, als wir miteinander geschlafen haben. Leider sind wir etwas blauäugig gewesen und haben nicht richtig verhütet. Kurze Zeit später habe ich festgestellt, dass ich schwanger bin. Abtreibung kam nicht infrage, somit blieb mir nur noch eins, sie zur Adoption freizugeben.“ Samira stockt.

„Und euch kam nicht in den Sinn, das Kind aufzuziehen?“ Das wird ja immer schöner. So ein Idiot!

„Kai wusste nichts von dem Kind. Ich habe die Entscheidung ganz allein getroffen. Nicht einmal meine Mutter durfte mitreden.“

Oh, ich habe ihn falsch eingeschätzt. Mögen tue ich ihn trotzdem nicht. Ganz aus Prinzip. „Wie immer ein kleiner Dickschädel.“

„Kai hat nach Emma gesucht, als er von ihr erfahren hat und hat sie auch gefunden. Sie lebt bei netten Eltern, mit denen er inzwischen befreundet ist.“ Samira tut mir leid, sie weint. Es scheint, ihr wirklich wehzutun.

„Und jetzt? Was ist hier los? Es liegt doch noch was in der Luft. Warum hast du mir das nie erzählt? Ich habe doch gemerkt, dass irgendwas nicht stimmt. Ein Kind ist doch kein Weltuntergang. Ich liebe dich Samira und wusste doch, dass du schon ein Leben vor mir hattest! Du hast doch nicht wirklich geglaubt, dass ich dich verlasse, nur weil du als Teenager einen Fehler begangen hast! Himmel, vertrau mir! Kennst du mich denn so schlecht?“

Dachte Samira wirklich, dass ich sie wegen eines Kindes verlasse? Fest nehme ich sie in den

Arm, was sie nur noch mehr zum Weinen bringt. Na klasse. Das sollte so aber nicht sein!

„Das ist nicht alles. Kannst du dich noch an meine Träume erinnern? Ich habe von Kai geträumt. Allerdings nicht normal, sondern er hat mich in meinen Träumen aufgesucht."

„Aha." Mehr kann ich dazu nicht sagen. Ich erinnere mich noch sehr gut daran, wie sie seinen Namen im Schlaf gerufen hat. So eifersüchtig bin ich noch nie gewesen!

„Es klingt eigenartig, das ist mir bewusst. Aber so ist es! Doch er hat das nicht ohne Grund getan. Jemand hat Emma entführt und die Polizei hat keine Ahnung, wer es gewesen ist oder wo sie steckt."

Entführt? Ach du Schande. „Was sagst du da? Aber wer sollte so etwas tun?"

Zu den Träumen sage ich mal nichts mehr. Das soll gehen? Jemanden nachts besuchen, obwohl man eigentlich nicht da ist? Wir unterhalten uns noch eine ganze Weile. Bis spät in die Nacht hinein löchere ich Samira. So lange und gut haben wir uns schon ewig nicht mehr unterhalten. Ich mache ihr keine Vorwürfe, auch wenn sie mir das ruhig hätte früher erzählen können. Warum auch immer sie dachte, ich würde wie wegen eines Kindes verlassen, ist mir ein Rätsel! Doch jetzt, wo ich alles weiß, werden wir es durchstehen. Wir können alles schaffen. Gemeinsam.

Ende

Danksagung

Immer, wenn ich das magische Wort ENDE schreibe, bekomme ich eine Gänsehaut. Es ist fesselnd, etwas anzufangen, nicht zu wissen, wie es weitergeht und dann am ENDE eine komplette Geschichte mit Menschen in den Händen zu halten, die Höhen und Tiefen durchleben. Ich danke allen Lesern, die mit meinen Protagonisten leiden, träumen, lieben und lachen.

Meine Familie und Freunde haben immer eine Engelsgeduld mit mir, wenn ich mich mal wieder an einem Buch festbeiße und über meinem Laptop brüte, bis es fertig ist. Sie lesen sich die Klappentexte durch, vergleichen Cover und beraten mich, was besser passt oder was gar nicht geht! Danke!

Rike, dir tausend DANK, dass du immer geduldig meine Fehler ausbügelst, wenn ich wieder betriebsblind durch den Roman scrolle. Du stehst mir immer mit Rat und Tat zur Seite und tust weitaus mehr für mich, als das Korrektorat verlangt.

Bei dem Cover wusste ich überhaupt nicht, was da rauf soll. Nur eines war mir klar, das

Meer ist ein Muss. So hatte die liebe Chrissy
nicht viele Anhaltspunkte bei unserem ersten
Telefonat. Dennoch hat sie aus meinen wenigen
Angaben das Passende quasi herbeigezaubert.
DANKE!

Verhängnisvoller Traum

Anna ist verheiratet und hat zwei Kinder. Der Alltag ist inzwischen in die Ehe eingezogen, was sie eigentlich nicht stört.
Doch eines Tages fängt Anna an von John zu träumen. Dem Mann, mit dem sie vor Greg, zusammen war.
Die Träume sind allerdings anders, als alle, die sie vorher hatte. Diese sind real! Immer häufiger und sinnlicher werden die nächtlichen Treffen. Anna nimmt sich vor, dem Ganzen auf den Grund zu gehen.
Ein Geburtstag ihrer besten Freundin Marta soll Licht ins Dunkel bringen. Eine Reise voller Turbolenzen beginnt.
Wird die Ehe mit dem eifersüchtigen Greg dieses Abenteuer aushalten?

Als Taschenbuch und EBook überall wo es Bücher gibt.

Verhängnisvoll besessen

Was würdest du tun, wenn der Fehler deines
Lebens, die Liebe deines Lebens bedroht.
Francis hat eine anstrengende Beziehung hinter
sich. Nur knapp entkommt er aus dieser mit
dem Leben, aber nicht ohne Narben. So schwört
er, mehr oder weniger erfolgreich, der
Frauenwelt ab. Bis er auf Laura trifft, welche ihn
um den Finger wickelt und ihn wieder zum
Lachen bringt. Doch eines Tages verschwindet
sie spurlos. Francis ahnt wer sie entführt hat,
kann dieses aber nicht beweisen, geschweige
denn erklären woher er das weiß.
Eine nervenaufreibende und anstrengende Suche
beginnt.
Folge Francis auf den Spuren seiner Träume und
der Suche nach Laura.

Als Taschenbuch und EBook überall wo es
Bücher gibt.

Das Geheimnis zwischen uns

Eine mit Herz und ein Quentchen Humor ausgestattete Kurzgeschichte über zwei Jugendliche, ihre Beziehung zueinander und ein Geheimnis, das alles zerstören könnte.

Dieser Kurzroman ist nur als EBook erhältlich.